カスミは
麦わら帽子を
頭にかぶってみせた。
「にあう？」
ポーション
7
わが身を助ける
Potion, waga mi wo tasukeru
novel / Akira Iwafune
Illustration / Sunaho Tobe
岩船 晶
Illustration
戸部 淑

積み木を踏んでしまう。
その音に女の子は、
今度こそ確信を持って反応した。
「誰。誰かいるのね。
どうやってここへ来たの」

無表情な顔は目が大きく見開かれ、
赤い角が熱を持ったように、
ぼんやり光を帯びる。

カスミは、泉の中からラティさんを引っ張り出して来た。
「そっ、その女はなんだ！　まるで魔物ではないか！」

「魔物呼ばわりは生まれて初めての経験だ」
リタチスタさんはニコリともしなかった。

「カエデ？どうした？」
私の異変に最初に気が付いたのはカルデノだった。
それからカスミが私の顔を、テーブルから覗《のぞ》き込んで来る。

リタチスタはベッド横の
椅子に腰掛けたまま、
ニコニコと
ルルリエに話すが、
反対にルルリエは
表情を曇らせた。
「どうかした？」

Introduction

Potion, waga mi wo tasukeru

novel / Akira Iwafune illustration / Sunaho Tobe

帰るか、帰らざるか…

リタチスタの角から合成石の試作品が作られ、**カエデ**に魔力がないという問題が解決する。
同じくこの世界に突然来た**ゴトー**に、元の世界に戻れそうだと伝えようとするカエデ。
バロウとリタチスタにゴトーのことを報告するのだが、
新たに直面した転移魔法の問題を解決する糸口になる可能性があると、
ゴトーを資料庫へ呼び出した。ゴトーはすでに自分が死んでいること、
ラティと仲良くなったことを理由に、元の世界に帰る気持ちはすでになかった。
だが、ゴトーの協力もあってすべての問題が解決され、転移魔法の完成を待つばかりのカエデ。
一方でもう一つの大きな問題が持ち上がった。そう、**カルデノ**や**カスミ**との別れ。
そんなセンチな気分に浸る間も与えないように、
ラティのいる森に**ドラゴン**が現れ、王都は混乱に陥ってしまう。
いつ王都を襲うとも知れないドラゴンの恐怖を前に、
転移魔法に必要な魔力の貯蔵をしていた**コニー**と
ラビアルは身の安全を図るため避難する。
バロウ、リタチスタも国からの要請で資料庫を
離れ転移魔法作成が中断してしまう。
カエデも戦いに備えポーションを作る人材として
呼び出されることになるのだが----。

ポーション、わが身を助ける　7

岩船 晶

ヒーロー文庫

CONTENTS

7

Potion, waga mi wo tasukeru

novel / Akira Iwafune
illustration / Sunaho Tobe

illustration
戸部 淑

イラスト／戸部 淑
装丁・本文デザイン／5GAS DESIGN STUDIO
校正／石川めぐむ（東京出版サービスセンター）
DTP／天満咲江（主婦の友社）

この物語は、小説投稿サイト「小説家になろう」で
発表された同名作品に、書籍化にあたって
大幅に加筆修正を加えたフィクションです。
実在の人物・団体等とは関係ありません。

プロローグ

研究室らしさが板についてきた資料庫の二階の奥の一室は、物が多いばかりでなく、すっかり物の定位置も決まってきた。入口のすぐ右隣には、二人がけを想定した、古びた小さな木製テーブルを、同じく古くて腰をかけるとキシキシ音を鳴らす四脚の椅子で囲んだ談話スペースもあって、私たちはそこによく集まっては顔を突き合わせていた。

カルデノだけは長身なだけあり、長い足をくつろがせるために椅子を思い切り引いて、背もたれに体重をかけて座るので、足を組み替えるたびに古い椅子が軋《きし》んだ。

「黒鉱がダメ、となると、他にも同じような性質を持つものがないかなと探してはみたけど、黒鉱みたいな特殊なものは見つからなかった」

リタチスタさんの告げた内容に、少なからず想定していたものの、落胆はかくせない。

このままだと元の世界には帰れない。

そんな言葉を聞いて体から力が抜けてしまった私とは違い、バロウとリタチスタさんは諦《あきら》めることなく、ひたすら毎日、それこそ寝る時間も惜しんで解決法はないかと探し、考えてくれていた。

今日は何かないか。

明日こそはきっと何か見つかるだろうか。

そう期待し、数日が経過してからの結果だった。

「……とはいっても、あれからたったの五日しか経ってない現段階で、望みなしと断ずることは出来ないだろう。俺としても諦《あきら》めたくないし」

テーブルの上で祈るように折り込んだ両手に視線を落として、バロウは少しうつむいた。

一見すると無表情だけれど、声の調子は気落ちしたもの。

「うん。それでひとまず魔法石に精通した知り合いを当たってもみたんだけど、これって情報は手に入らなかった」

リタチスタさんが言う。

そもそも黒鉱はひときわ異彩を放つ特性を持っていて、今までの話を聞いていると唯一無二という言葉がよく似合う。

最初にこのままでは帰れないと言われた時、はたから見ても私の落ち込みようはさぞひどいものだったろう。

でも、それをいつまでも引きずるわけにもいかない。一度大きく息を吸い込み、悲観的な気分と共に、大きく息を吐き出す。

見方を変えれば、これまで有効な手段が見つかってないのは、それだけ有効な手段や方法にたどり着くまでの選択肢や可能性が、少しずつ絞られているともいえる。

「ありがとうございます。こんなに力を貸してもらってますし、きっと近い内に何か解決法も見つかるかもしれないですね」

「そうだねえ。でもまだ今は有効な解決法が見つかってない。だからカエデにはとても言いにくいけど、もう少し待ってもらう必要があるんだよ」

本当に、感謝の言葉はどれだけ尽くしても足りない。

今となってはバロウも同じく尽力してくれている。

懸命に解決策を探してくれているが、そもそもバロウが原因だ。けれど今はもう、それを蒸し返したくはない。

複雑な心境だ。

「今のところは本当に、何も手立てがないのか?」

「残念だけど」

カルデノの質問に、バロウは言いにくそうに答える。

「…………」

バロウと協力して同じ結論にたどり着いたはずのリタチスタさんは、今まで会話に参加していたはずなのに上の空のように無言で、意識がこちらに向いていないようだった。

それが気になったのか、バロウが確認するように、そうだよな？　と声をかけた。

「ん、ああ、そうだね。うん」

そこで意識がまたこちらへ戻ってきたが、いつものリタチスタさんに比べるとなんとも歯切れが悪い。

バロウが、様子のおかしいリタチスタさんに軽く首を傾げて問う。

「気になることでもあったか？　黒鉱に関しては俺と同じ意見だったよな？」

リタチスタさんは間髪入れずに頷《うなず》く。

「ああ、もちろん同じ意見だ。ただ、黒鉱と似た性質のものは存在してないのか、はたまた私たちがただ発見出来ていないだけなのかを考えててね」

どうやら考えていたのは黒鉱のこと。正確には、黒鉱と同じ特性を持つ何かに関してだった。

勝手な思い込みで、魔法に携《たずさ》わる人たちは、この世界の神秘のほとんどを道具として活用する術《すべ》を持ち、魔法石の類《たぐい》であっても目新しいものなどないのだと思っていた。

魔法はとにかく便利で、万能で、何事も解決するのだと、そう思い込んでいた。

それを口にしてみると、リタチスタさんとバロウはそろって首を横に振った。そうではないらしい。

「魔法は確かに便利だよ。でもカエデさんが想像してる便利と、俺たちの思ってる便利は違う」

「そうだね。大体、魔法がどこまでも便利なら、私は争いがなくなる魔法を望むよ。平等で飢えることのない世界にする魔法とか、いいじゃないか」

「お、意外な願いだ」

からかうようにバロウがニヤニヤしているのを見て、リタチスタさんはため息をつきながら肩を落とす。

「私には世界平和も祈らせてくれないんだね」

「いやいや、意外に思っただけだろ」

「ハハハ、どうだかね」

サラッと言葉を交わし、私の質問の回答を続けてくれた。

「要するに、魔法は便利だけれど万能ではない。魔法石だって、まだ見つけられていない有用なものもあるだろうし、どんな特性を持っているかまだ解明されていないものがあったり、そもそもただの石ころだと思われてる魔法石だってあるだろうってこと」

「なるほど……」

魔法といえば万能の力と思っている部分が少なからずあった。けれど話を聞いていると、動力源は違えど、便利な道具のひとつのようなものなのかと、家電製品を思い浮かべた。

もちろん、転移魔法や攻撃魔法など、家電と比べようがないものもあるし、水を即座に大量に生み出すなんて家電製品には出来ないだろうから、魔法の方が圧倒的に便利な部分もある。

けれどそれ自体が光源となる石や、水に入れるだけで沸騰《ふっとう》させる石などは、どの家庭にもたいてい設置されている、照明や湯沸かし器に通じるものがある。

逆に言えば、携帯電話やテレビに似た魔法は、今のところ存在していないのではなかろうか。私が知らないだけかもしれないけれど、もし遠くの人と気軽に連絡を取る手段があったとしたら、わざわざ伝言を使いの人に託したり、手紙を出しても一向に返事がない、なんて事態にもなっていないだろう。

便利な部分がある一方、不便な部分もある。

やっぱり魔法も家電製品もどこか似ている。

なんてぼんやり考えていたら話は進んでいて、ハッとして会話に耳を傾けた。

「今必要としている特性を持った何かがあったとしても、こんなに探してる俺たちが見つけられてないということは、身近な存在でないのは確かだ」

「可能性があるとするなら、魔族領なんてどう思う？」

リタチスタさんは人差し指を立てつつ軽い調子でバロウに問うが、リタチスタさんとは正反対に、深刻な表情で受け止めた。

「魔族領……、どうしてまた？」

自分の考えが及ばないだけなのかと、バロウは自分を疑うように唇を丸め込んで軽く噛んだ。

話が二人の間でだけ進み始め、知識の足りない私とカルデノは、口を挟むことも出来ない。

「そもそもバロウが魔力ポーションを作るヒントを得られたのは、魔族の持つ薬からだろう？　それと同じように、魔族にしか知られていないものの中で、黒鉱と似た性質の何かがあるかもと思ってね」

「それはそうかもしれないけど、でもいきなり魔族領なんてのは話が飛びすぎだ。何も魔族領じゃなくたって、土地が違うだけでまったく違った道具や産物だってあるはずだろ」

魔族領というのは、名前から分かる通り、魔族の住む土地。とはいえ私はこの世界の住人と違い、その前提の知識すら乏しい。

ただ以前、バロウが言っていた話だと、魔族は他の種族と比べて強く、そのため他の種族を見下す傾向にあり、いざこざが絶えないのだとか。

そんな場所にまで、いくらリタチスタさんが魔法の扱いに長けた人とはいっても、何かを探しに行くなんて危険な行為だということは、私にも分かる。

「飛びすぎか……」

否定されたのが悲しいのか、リタチスタさんは帽子の広いツバをクイ、と少し下ろす。

「まあ、リタチスタが言いたいことは分かるけどとにかく、魔族領で知見を広めるとしても、実際はもっと切羽詰ってからだって、遅くは……」

そこまで言いかけて、バロウはアッ、と私の目を一瞬だけ見て、うつむいて黙り込んだ。同じく言葉を発しないリタチスタさんともあいまって、室内は静かになる。

シン、と耳鳴りがするほどだ。

遅くはない、なんて私を前にして口に出来なかったのだろう。

正直、黒鉱が私にとって使いものにならないと判明してから、まだ一歩も進めていないけれど、それでも二人がここまで考えてくれているのは嬉《うれ》しかった。

私の元の世界に帰るための旅は、一旦は道はここまでなのかと絶望さえしたのに、まだ目の前には消えない光があるようだ。

過ぎた表現だと笑われようと、私自身はそんな感想を抱いている。

「二人の話の内容を聞く限りだと、とにかくカエデは元の世界に帰ることを諦《あきら》めなくてすむんだな?」

と、カルデノが念を押す。

「ああ、まだね」

「……まだ、ですか」

「そう、まだ」

リタチスタさんは深く腰掛けていた椅子から立ち上がり、窓から木々の揺らいでいる外の景色へ目を向けた。

「カエデの魔力不足問題が解決するかどうかは、今も話してる通り、黒鉱と同じか、または似た性質のものが必要になるってのは理解出来てるかい？」

「はい、さすがにそこは理解出来てます」

よろしい、とリタチスタさんは頷《うなず》き、窓枠に寄りかかってこちらに体を向ける。

「で、私は黒鉱の代わりになるものが、魔族領にある可能性が一番高いんじゃないかと踏んでるわけ。何せ魔族は魔力の塊みたいな種族だし、魔力関連の道具は多いと思うんだ。そして魔族以外からは、まだまだ未知なる存在であるのも大きい」

けれど、バロウはやはりその話題に乗り気ではなく、眉間《みけん》に皺《しわ》を寄せながら、首を小刻みに横に振る。

「魔族領なんて、行かないで済むならそうした方がいい」

バロウがそう言って譲らない理由には、きっと魔王討伐の件も関係しているのだろう。

バロウが、自分の目で見て耳で聞いた経験からこうして渋っているのなら、リタチスタさんも無視は出来ない。

リタチスタさんはバロウの言葉に反抗することも、不機嫌になることもなく、ただ口を閉ざした。

言ってもこれ以上は無意味と判断したのか、それとも自分でも考えることは出来ても一歩踏み出せない部分があるのか。

「その可能性の有無も、リタチスタの勝手な憶測に過ぎないんだろ?」

バロウは、あ、いやでも、と言葉を撤回するように呟《つぶや》き、口元に手を当てながら続けた。

「何か、魔族領に行きたい理由があるのか? もしかするとすでに検討がついてて、それを探しに行きたいとか」

「まさか。今言った通り、魔族領に未知の部分があるからってだけさ。いくらなんだって私もそこまで魔族に造詣《ぞうけい》が深いわけではないよ」

バロウの言う通り今は気にしなくていい、とリタチスタさんは胸の前らへんであおぐように手をヒラヒラと遊ばせた。

「そうか。魔族なんて出会わないで済むならその方がいいからな、絶対に」

「あの……」

私はそろりと右手を小さく上げる。

「話の腰を折ってしまって申し訳ないんですけど、魔族領って、どんな所なんですか? 魔族のこともバロウに聞いた印象はあるので、危険なんだろうとは分かるんですけど、でもあまりにイメージが偏りすぎているというか」

リタチスタさんとバロウは、お互いに顔を見合わせた。

「ふーむ、その辺のことはどちらかといえばバロウの方が詳しいかな?」

「え、そうは言っても、俺だって少し魔族領に足を踏み入れたくらいで、特に詳しいとまでは言えないんだけど……」

　バロウは、えーと、うーんと、と悩む素振りをみせてから、重そうに口を開いた。

「魔族領は、なんて言うのかな、俺の目から見た印象としては、建造物や暮らし方はどこの国とも大きい差はない。その国その国で文化が違うし、こんな違いもあるだろうってくらいだ。けど、魔力溜まりや魔物の数は、他のどこよりも格段に多かった」

　要は、争いこそ起きやすいが、それでも他と変わらずしっかり機能している国の一つなのだそうだ。

「魔族領って、呼び方が少し変わってますよね」

「確かにそうだな。他の国のことを、領地とは呼ばない」

　カルデノも幼い頃から自然と魔族領は魔族領、と呼び方を特に疑問に思ったことはないそうだ。

　それについて何か気が付いたのはリタチスタさん。

「魔族領ってのは国の名前じゃないよ。魔族領はそのまま、領地のことさ。魔族領が属する国の名前はマガロ。その中に魔族領があるんだ」

　リタチスタさんが魔族領のことを説明すると、バロウはそれをきっかけに、思い出したようにピンと人差し指を立てた。

「あ、そうそう。確かそうだ。マガロは昔は、魔族だけでなく他の種族も入り混じったよくある国、だったかな」

「それがいつしか魔族が排他的になってしまって、マガロは小さな一部の地域を除いて、魔族だけが住まう国になった。だからその一部の地域を除いて、マガロは魔族領と俗称されるようになった」

俗称とは言うが、カルデノの認識からいって恐らく、一般的に広く浸透し、疑問も持たれず国の名前のように思われているようだ。

「魔族領には魔族がいるってことだけ認識していれば差支えないさ。そう考えると分かりやすい名前じゃないかい？」

そうですね、と答えた後、バロウはすぐにこちらへ向き直ったので気づいてなかったけれど、私はその後にみせたリタチスタさんの表情が気にかかった。

どこか納得出来ていないような、仕草こそなくとも深く考え込むような。

それから少しして、その日の話し合いは終わりとなった。

バロウが前世の記憶を持っていることを知っている私たち四人が集まれる時間は、限られている。

リタチスタさんが呼んだ魔術師の三人、ギロさん、コニーさん、ラビアルさんが同じ建物の中にいて、たとえ偶然であっても、バロウや私の秘密を聞かれるわけにはいかないから。

第一章　合成石

資料庫にいた私がノックの音に気づけたのは、偶然、廊下にいたからだった。音が固い壁に反射するように伝わってきた。

確かシズニさんは留守にしているはずだから、私がお客さんを出迎えてもいいけれど、もしも資料庫の関係者の顔を覚えている人でも訪れたりしたら、きっと、部外者が出てきたと混乱を招くだろう。

「あの、リタチスタさん、下に誰か来てるみたいですよ」

コンコンとかすかに聞こえてきた音が、次第に大きくなっている。きっと誰も出てこないことに苛立《いらだ》ちが募っているのだろう。

リタチスタさんは、悪いとは微塵《みじん》も思っていない目を私に向けてきた。

「ああー、悪いけどカエデかカルデノが出てくれるかな」

バロウなんて自分に面倒な役目が回ってこないように、こちらと目を合わせようともせず、机に向かったまま動かない。

カルデノは丁度、大きな箱を抱えたところで、今からこれと似た箱をあと三つ、三階の空いている部屋からこの部屋へ運ぶところだった。

「すまない、カエデに頼んでいいか?」

「大丈夫だよ。カルデノはその荷物運びをお願い」

「ああ、助かる」

間隔も短く、力強く変化してきたノックの音に急《せ》かされ、私は慌《あわ》てて下におりて、入口の扉を開いた。

「お待たせしました!」

少々勢いよく開けた扉の先にいたのは、アイスさんだった。

「あらカエデちゃん、久しぶりね」

ニコリと人のいい笑顔。穏やかなアイスさんと反対に、私は自分で顔が引きつったのを感じ取る。

咳払いするふりで口の端を触ってみて、もういつも通りの表情に戻ったのを確認して挨《あい》拶《さつ》をする。

「お久しぶり、です」

アイスさんが言うほど顔を合わせるのが久しいわけではないが、とりあえず適当に頷《うなず》いておいた。

両手で吊り下げるように、革製の四角い、旅行にも使えそうなカバンを持っている。服

装は、無駄な皺《しわ》のない、厚手の生地のシンプルなドレスで、なんとなくだけれど、よそ行き用の装いに思えた。

そんな風に観察するにつれて顔がうつむく。

「少し遅くなってしまったけれど、先日言っておいた通り、契約書を交わしに来たの。リタチスタさんは今いらっしゃるかしら？」

私はパッと顔を上げる。

用向きがあるのは私ではなくリタチスタさんにだと聞き、一気に心の霧が晴れた気分で、つい声に力が入る。

「い、今すぐ呼んで来ます！　ちょっと、ええと、ええーっと」

中へ招くべきか、それとも立ったまま待たせて平気なのか。ここが自分の家でないため悩んだが、正直に言わせてもらえば、物に溢《あふ》れたこの資料庫では、アイスさんに待っていてもらう場所がない。

「……ここで待ってて下さい、本当にすぐに呼んで来ますから！」

そう、とアイスさんは軽く微笑んだまま、微動だにせず言った。

大きめの荷物を持ったままの状態で申し訳ないが、言いきる前に、私はリタチスタさんをここへ連れてくるために駆け出した。

アイスさんがわざわざ自分の足でこの資料庫を訪れたのは、リタチスタさんが交換条件で要求した魔力ポーションについて、適当な言葉の約束だけでなく、しっかりと契約書として、目に見える形で残すためだ。

アイスさんが暇な人ではないのは、今までの付き合いから理解している。きっとここにはわざわざ時間を作って足を運んだのだろう。

下で会話していた声が聞こえていたのか、リタチスタさんが丁度部屋から出てきて、どことなく嬉《うれ》しそうな表情で口を開いた。

「もしかして、もしかするんじゃないかい？」

「な、なんでしょう？　何が言いたいかは分からないんですけど、魔力ポーション契約の件でアイスさんが来ました。丁度リタチスタさんを呼びに来たところで」

「ああ待ってた待ってた！」

どれほど待ちわびていたのか今にもスキップし出すかのような勢いで、私の横を抜けて階段へ向かったが、ピタリと動きを止めて、こちらへ振り向いた。

「カエデはどうする？　私はそのアイスとは初対面だし。カエデもろくに挨拶《あいさつ》してないんじゃないかい？」

「そ、そうですね。はい」

一緒に一階へ下りると、リタチスタさんは入口付近で静かに佇《たたず》むアイスさんを見るなり、にっこり笑って大股《また》で近づいて、挨拶のために手を差し出した。

「初めまして、私がリタチスタだ。わざわざ来てもらったのに、こんなに散らかっていて申し訳ないね。カエデから聞いてるよ。魔力ポーションの契約書の件だって？」

「初めまして、アイスです」

差し出された手にアイスさんは自らの手を重ね、二人は繋《つな》いだ手をギュッと握った。

リタチスタさんだけでなく、アイスさんもどことなく機嫌よさそうな表情に思える。

「それでそう、ええ契約書の件で。伺うのが少し遅くなってしまいましたけど、魔力ポーションを作っていたもので」

「へえ、もしかして、今日はもう持って来てくれたのかな？」

「もちろんです」

こちらに、とアイスさんが手にしていたカバンを軽く持ち上げてみせる。

「ああ、これか！」

まるでずっと楽しみにしていたおもちゃを貰《もら》った子供みたいに、リタチスタさんの目がキラキラと輝いている。

「楽しみに待ってたよ。噂《うわさ》の人物にも会えて光栄だ」

「あら、噂ですか？」

「ドラゴンハンターの筆頭といえば知らない方が珍しい。前のリーダーのガルシュとは顔見知りだったんだけれど」

へえ、と声には出さずとも感嘆の息を漏らす。私は直接知らないけれど、アイスさんと同じ立場にあった人物にも会ったことがあるんだ、と思うと感慨深い。

「さて、それにしても客人をもてなす想定をしてなかったな……」

私が先に資料庫の中に招いておかなかったのと同じ理由で、リタチスタさんは細めた目を室内に巡らせた。

「魔力ポーションのお渡しと契約書だけ交わすことができれば、こちらはどこでも構いませんよ」

「そうかい？　助かる。じゃあこっちに」

そう言ってリタチスタさんは中へアイスさんを招き、一番近くにあった作業台の上の物をザーッと押しやって、無理にスペースを作った。

「じゃ、契約書はここで」

「ええ」

テキパキと用意される契約書とペン。リタチスタさんは隅々まで契約書を読んでから、サインを済ませた。

「支払いは定期配達時に代引きになっているけど、今回の分はどうしたら？」

同じ作業台の上に置かれた二十本の魔力ポーションを指さした。

「今回の分は請求しないことにします。もし使ってみて不備があるようでしたら、その時は遠慮なくおっしゃって下さい」

「そう、ありがとう。今後ともよろしく」

「ええ」

では。そう言い残してアイスさんは去った。

アイスさんが去った扉を閉めて、リタチスタさんは私の方へ振り返る。

「カエデ、あれにいじめられてたって？」

「い、いじめじゃないです……」

そうだ、いじめなどではない。

仕事の関係以外が削げ落ちた、そんなようなものだ。

するとリタチスタさんは冗談だよと笑う。

「さて、これで魔力の貯蔵については心配いらない。コニーとラビアルにはどんどん魔力ポーションを飲んで頑張ってもらうことで、問題が一つ解決ってとこだ」

「はい、交渉が上手くいって良かったです」

「だねえ」

これから始まるコニーさんたち二人の負担を考えると若干胸が痛むものの、これも帰るため。せめてねぎらうことを忘れないようにしよう。

契約書をクルクルと丸めているリタチスタさんに、そういえば、と少し気になっていたことを聞いてみた。

「リタチスタさんは、本当なら魔族領に行きたいんですよね？」

「え？　ああ、まあ。…………急になに？」

丸めて筒状になった契約書でポコポコ作業台を叩《たた》きながら首を傾げた。

「リタチスタさんは魔族領に詳しくはないって言ってましたけど、実は行ったことあるのかなって、だからすごく推してたのかなって」

「…………んー、まあ、ないとは、……言わないけどね」

返答の歯切れが悪い。

「どうして気づいたかな。私、寝言でも言ってた？」

「いえ寝言なんて……」

寝言どころか、言葉にだってなっていない。だからこそリタチスタさんは、私がこう思ったことに疑問を持つのだろう。

私だって、ここでリタチスタさんがもし否定したなら、ただの勘違いだったと疑いもせずにこの話題は終わっていただろう。

「リタチスタさんが、魔族領でなら何か見つかるかもしれないって、言ってたじゃないですか」

「ああ、この間のね」

「そうです。別に確信があったとかじゃなくて、なんというか、行ったことがあるのに、行ったとは言いたくないような雰囲気だった、といいますか……」

するとリタチスタさんはフフフと喉《のど》の奥で笑う。

「いや、驚きだけど実は本当にそんな感じだよ。バロウに魔王討伐の任を渡しておいて、忠告は聞き入れない上に、行ったことがあって大体分かるから気にするな、なんて言い出しにくくてね」

そんな理由ではばかられていたなら、改めてもう一度説得してみてはどうか、と進言する。

「ああ、それがいいかな」

でもその日一日、リタチスタさんがバロウを説得する姿を見ることはなかった。

合成石、というものがある。

名前こそ聞き覚えがなく複雑に思えるその石は、本物と似た性質のもの同士を掛け合わせて作った魔法石のことを言うらしい。

この時点でちんぷんかんぷんなのは私だけでなくカルデノも同じで、私とそろって椅子に座ったまま首を傾げた。

研究室にいる時間、特に誰かの手伝いも雑用もない時間が出来たりすると、リタチスタさんは積極的に、私たちに転移魔法の進捗《しんちょく》状況を教えてくれたり、世間話を広げてくれたりする。

「難しく話したつもりはないけど……、いやそうか、そうだね、概念を知らないと理解は難しいか」

研究室の小さなテーブル、私たちの目の前に、教師よろしく立っていたリタチスタさんが、その辺から適当に選んだ色石を一つと、水晶を一つ転がした。

「例えばこの火の力を持つ色石と、陣を封じておくための水晶を使って合成石を作ると、炎晶石に非常に似たものを作ることが出来る」

まるでレシピ本で生成する炎晶石について説明されているかのようだった。

「なら、石の効果の単純な足し算ってことですか？」

「細かなことを言えばその限りではないけれど、今はとりあえずそう思っていてくれて構わない」

この合成石の話が始まったのは、本当に突然だった。

まるで先ほどまで続いていた会話の続きです、みたいな感じで、戸惑っている内にカルデノと並んで椅子に座らされ、こうして教えられている。リタチスタさんの後ろでペンを持ったまま首を傾げて見ているバロウは、リタチスタさんの行動を測りかねているらしい。

「なあリタチスタ、いきなり今、なんの話を?」

「なにって、合成石の話だけど」

キョトンとしてバロウの方へ振り返った。

「それは分かる、聞こえてる。そうじゃなくて、突然どうして合成石の話なんて始めたんだ? 脈絡がないだろ」

「私の中では脈絡がある」

「じゃあそれを表に出せよ。分からないから」

リタチスタさんは腕を組んでテーブルに目を向ける。

「うん。それで合成石の話に戻るけど」

無視されたバロウは、ギリギリと歯を鳴らしながらもペンを走らせるために机に向き直る。

「黒鉱があっただろう。カエデには向かなかったけれど」

「はい。でも黒鉱?」

「黒鉱をもっとカエデ向きにしたものを、合成石として作れないかと。その可能性を持つ素材に心当たりがあってね」

「そうなのか⁉」

バロウが今しがた向き直ったばかりの机から勢いよく立ち上がって、リタチスタさんの横に駆け寄った。

「こっ、心当たりって？　黒鉱自体が珍しい性質を持ってるのに、合成石として使える素材？　どんなものだ？」

「どんなものだと思う？」

私に向けられた言葉ではなかったが、それでも自分に向けられた言葉だと思って考えてみる。

合成石は目的の魔法石の効果を得るため、それらに似た性質を一つでも有するものを合成して作られる。

先ほどリタチスタさんは炎晶石をもし合成石で作るなら、とテーブルの上に色石と水晶を出したが、もっと自分で分かりやすく例えるなら、絵具だろうか。

紫色を作りたければ青と赤を混ぜる、となるのだろう。

けれど簡単に理解出来たのはたとえ話が絵具だからであって、リタチスタさんが今話題にしているのは、黒鉱をもっと私向きにしたもののこと。

そこで知識のない私の思考は完全に行き詰った。

バロウは怪訝《けげん》そうに目を細めて、リタチスタさんを睨《にら》む。

「勿体《もったい》ぶるなよ……」

「ごめんごめん」

さすがに悪いと思ったのか、リタチスタさんは素直に謝罪し、言葉を続けた。

「驚くと思うけど、魔族の角だ」

「……魔族？」

一瞬、バロウは何を言われたのか理解できないようで、ポカンと間の抜けた顔をしたかと思うと、それからジワジワと嫌悪感を示す表情に変化する。

「魔族の角だって？　それも冗談か？」

「これは冗談じゃない。ギロは魔法石や合成石にも詳しいからね、もう実際に黒鉱を見せて相談してみた。カエデに今必要な合成石を作れる可能性がある。しかも未知の素材であっても可能性は低くないらしい」

魔族の角とは、私が知らないだけの一般的な知識なのか、それとも、限られた界隈《かいわい》の人しか知らないものなのか。

チラッとカルデノの様子を窺《うかが》うと、私の視線と疑問に気付いたらしく、フルフルと首を横に振った。

つまり、カルデノも知らないということは、やはり一般的とはいえない類《たぐい》の話をしているらしい。

「じゃあ魔族領に行って、無理に誰かの角をへし折って来るって？　それこそ冗談だろ」

「それがまあ、今も言ったけど、心当たりがないわけじゃなくてさ」

魔族の角が合成石に必要であったとして、それは確かに、他人の一部を怪我《けが》をさせてまで奪うって話になる。

角が生えている種族はいても、それを売り買いしているのはこれまで一度も見たことがないし、間違いなく大切な体の一部だ。

だからバロウの反応の方が普通なのだろう。

「じゃあなんだよ、今は魔族の角の生え変わりの時期とかか？」

「いや、魔族の角に生え変わりはないよ。ある程度の年齢になれば成長しきって、もし折れてしまえばそのまま、二度と自分の角は生えてこない」

そう思うと魔族の角ってますます希少価値が高いね、とリタチスタさんは笑う。

その様子にあきれたのか、バロウは小さくため息をついて、空いている椅子に腰掛けた。

「一応聞くけど、魔族の角がどうして合成石の素材になるんだ？」

「一部に限った話だけど、他者から魔力を奪うことの出来る魔族が存在してる」

「…………」

バロウの手が膝《ひざ》の上でピクリと跳ねた。

魔族で、なおかつ魔力を奪うだなんて、まるで、と以前屋根裏でバロウから聞いた戦いの時の話を思い出す。

何も出来なかった、魔法が使えなかったと。

「今回欲しいと言ってるのが、まあその魔族の角でね」

「それ、それって魔王の血族のことか……？」

「いやそれは違うと思うけど」

リタチスタさんはバロウが魔王とどんな戦いがあったのかを知らないのか、バロウが何に引っかかっているのか理解が出来ていないようだ。

本人から聞いたわけでなければ仕方のないことだが、私の目にはバロウが恐怖しているように映った。

「その角を手に入れるために、やはりどうしても魔族領へ行きたいと思うんだよ。だから明日にでも出立しようかなってね」

「一人で⁉」

「いや、ちょっとカエデ本人がいた方が都合がいいし、カエデとカルデノは一緒に来てもらうことになるかな」

お気軽な口調のリタチスタさんに、バロウは食ってかかる。

「いや、さすがに危険すぎるだろ、旅なんてただでさえ何があるか分からないのに、その上、魔族領なんて！」

「いや、いやいやいやいや」

それがどうも、リタチスタさんにはおかしく聞こえたらしい。

「私は今まで散々一人で旅をして来たんだけど？　カエデも、カルデノもだ。それを、よりによって引きこもりのバロウに心配される筋合いはないぞ」

「それは、だから……」

「自分が魔族領で怖い目を見たからといって、私の行動にまでその感情のままに制限されるのは納得出来ない」

普段に比べその低い声は、威嚇《いかく》しているようにも思えた。

言葉を返せなくなったバロウは、なんとか言葉をひねり出そうと、半開きにしていた口で、弱々しく言う。

「確かに、俺は確かに引きこもってたけど、でも心配してるのは本当だから言ったんだ。無下《むげ》には、しないで欲しい」

「………」

ふう、とリタチスタさんはため息をついて、バロウの肩にポンと手を置いた。

「しょうがないなあ、なら心配いらないようにバロウも一緒に行くのがいいね。女旅に男が一人なんて、滅多にない機会だね？」

リタチスタさんが面白そうに言うと、その言葉を聞いたバロウは、ハッとしてリタチスタさんの顔をマジマジと確認する。

「ほ、ほんとだ」

一体、何をそんなに驚くことがあったのか。

リタチスタさんはムッと口をへの字に曲げた。

「なんか引っかかる言い方」

バロウはベシッと頭頂部を叩《たた》かれていた。

「まあそれじゃあ、魔族領へ向かうのは決定として、私はこのことをシズニに伝えて来るよ」

さすがに言い出しっぺだという自覚があるのか、リタチスタさんは研究室を出てさっさと下に行ったようで、足音が遠ざかっていく。

「…………」

扉越しにリタチスタさんの背中でも見ていたのか、バロウはあごに手を当てて首をひねった。

「どうかしたんですか」

私が問いかけると、うーん、と少し悩んでから口を開いた。

「なんだかリタチスタの奴、謙遜してた割にはずいぶん魔族領……、というか、魔族に詳しいなと思って」

「言われればそうだったかもしれないな。この間はバロウの方が詳しいだろうからと説明を丸投げしていたのに」

カルデノの言う通りだ。

私が魔族領について説明を求めた時、リタチスタさんは確かに、バロウの方が詳しいから、と言っていた。

「角に関しても心当たりがあると言ってたし、珍しいけど魔族に知り合いでもいるのかもなあ」

バロウは戦うために魔族領へ赴いた。けれど、それだけと言えばそれだけ。

その点、リタチスタさんは魔族の角に関する知識があって、なおかつ、今入手しようとしている魔族しか持たない角には、心当たりがあると言う。

「でも心当たりが知り合いだったとして、その人に大切な角を下さいとは、普通に考えたら言い出しにくいことですけどね」

「んーそうか。俺に魔王討伐の任務を投げたのも、その辺の関係だったのかな。角云々《うんぬん》は置いておくとしても、知り合いのいる魔族領に自分自身で行きたくなかったって考えると、不思議でもないし」

「そうですね」

人の過去や経歴を事細かに聞くなんて余程の理由がなければしないが、それでも会話の中に、その人が今はどんなことをして生活をしているか、何が好きか、自然と耳に入って来たり、行動や態度にも表れそうなものだが、リタチスタさんにはそれがない。少し不思議な人だ。

今は研究室に集まるから別として、じゃあ、もしこの場所がなかったら、一体何をしている人なのだろうか。

バロウなら言わずもがな、自分のための研究をしていただろうし、シズニさんなら資料庫の管理。

アイスさんならギルド関連の仕事、と真偽を差しおいても想像だけは出来る。

だが、リタチスタさんは？

どんな仕事をしているだとか、どこに住んでるとか、全く分からない。大袈裟《おおげさ》だがそれこそ、見つける前のバロウに並ぶほど。

強いて言うなら、アルベルムさんの研究の引継ぎだろうか。

今でこそバロウと一緒に転移魔法を作ってくれているが、そうでなければ、日がな一日、一つのことに真面目に取り組む姿なんて想像できない。

「リタチスタさんとは、いつから知り合いなんですか？」

「いつから……、俺が先生に弟子入りした時にはもういたけど、だからえーと……二四年くらいかな、……うん。そのくらい前からの付き合いになるね」

「そんなに……」

へえー、と勝手に口が開いてしまう。私が生まれるより前にもう二人は知り合ってい
て、その縁が今も続いている。それがとてもすごいことに感じられた。

「するとリタチスタはずいぶん小さい頃に弟子入りしたんだな。まだ見た目も若いし、一体いくつだ？」

と、カルデノが問う。

「ああ、なんかあの帽子あるだろ、いつもかぶってて絶対に人前で取らない帽子」

手振りであのツバの大きな帽子を表した。

「あれに魔法を施して、あんまり見た目が変わらないようにしてるらしい。私はいつまでも若くいたい、とかなんとか。だから正確な年齢は分からないし、聞いても絶対教えてくれないぞ」

なんて便利な帽子だろう。

便利どころか、昔は実際にその帽子の魔法を教えて欲しい、と懇願する兄弟弟子の姿を見たこともあったそうだ。

けれど、リタチスタさんは決まってそのお願いを蹴《け》っていたそうで、理由は単純で、自分が頑張って作った魔法を簡単に他人に教える気はないと、そういうことらしい。

「そんな風にも魔法って使えるんだ……」

「リタチスタのあれも一種、変身の魔法だろうな」

「私がなんだって？」

足音も聞こえなかったのに、突然、扉が開いてリタチスタさんが顔を出したので、私とバロウはそろって声を上げた。

「驚かすな！」

「声をかけただけなのに……。まあいい、シズニには魔族領に行くことを伝えたから、転移魔法をいじる手は一度止めて、バロウはコニーとラビアルにここを離れるって説明して来てくれるかな」

「え、シズニと一緒に説明したんじゃないのか？」

コニーさんとラビアルさんは若干の文句を言いつつも、毎日毎日、魔力を溜め込む作業に専念してくれている。

「だってねえ、私たちはちょっとここを空けるけど、君らは死ぬ気で魔力貯蔵を頑張って、なんて、言いづらいだろう？」

その役回りをバロウに押し付けるというのだ。バロウはギューッと眉間《みけん》に皺《しわ》を寄せて、ため息を飲み込んだ。

「分かったよ、今日中には伝える」

その後、魔族領に行くことを伝えたバロウは、少し萎《しお》れた様子で戻って来た。

リタチスタさんの主導のもとで魔族領へ向かう準備が着々と進んでいたが、私はやはり不安だった。

そのため資料庫で寝室として利用している部屋で、荷物を大きなカバンに詰め込んでいたリタチスタさんに声をかけた。

「すみません」

「ん？　どうかしたかい」

忙しくしていただろうにその手を止めて、体ごとこちらを向く。

「手を止めさせちゃって、申し訳ないです」

「いいよ、期限があるわけじゃあないからね」

「はい。ええと、聞きたいことがあって。魔族領のことなんですけど」

「うん」

リタチスタさんはベッドを軋《きし》ませて座り込む。

「心当たりのある魔族の角というのは、すぐに取って帰れるような場所、というか、誰かに預けたりしているものなんですか？」

「まあ、多分？　そうだね、うん。まさかガーディアンの門をくぐる必要があるとか、そんなんじゃないよ、安心していい」

「ガ、ガーディアン……？」

核心的なことを言ってはくれない。

そんなところがやはり不安で、落ち着きなく、お腹の辺りで組んだ両手を遊ばせる。

リタチスタさんの目が私の落ち着きのない手に向けられ、それから、優し気な笑顔をみせる。

「不安？」

「えっ、あ、まあ……」

つい、目は床の方へ向いてしまう。

カルデノもカスミも強いし、リタチスタさんとバロウも、魔法で魔物と戦うことで身を守ることが出来る。

一方で私は、情けないけれど完全に誰かに守られることでしか、安全を図れない。

カルデノとカスミを信頼してないわけではないけれど、それでもどこかで、自分一人になるタイミングがあったら。そう考えると、不安にならない方がどうかしてる。

ふと顔を上げてリタチスタさんを見ると、私と同じように軽くうつむいていた。

いつもと変わりなくツバの大きな帽子をかぶっているから、顔はかくれてしまって、表情はこれっぽっちも分からない。

「未知に恐怖するのが悪いこととは言わないよ、カエデは弱っちいからむしろ正しいね。でも、うん、そっか……」

「………あの？」

どうしたんだろうか、顔を覗《のぞ》き込もうかと悩んでいると、さらに言葉が続いた。

「魔族領のさ、どんなところが怖い？」

「ど、どんな？　魔族がいるところ、ですかね？　魔族が争いの火種を生むことが多いって……、それだけで血の気が多くて、争いを好む種族なのかなって。それって、私たちみたいによその国から行ったりしたら、それだけで何か起こりそうで、そういうのは怖いです」

「なるほどね」

うつむいていたはずのリタチスタさんが、フイと顔を上げた。

てっきり何か失礼を言ってしまったかとも思ったけれど、いつも通りだった。

「魔族には確かに血の気の多い人がいるかもしれないけど、それはどこのどんな種族にだって同じことが言えるはずだよ」

確かにそうだ、と私は頷《うなず》いた。

「王がいるということは法と秩序があり、皆が社会性を持って生きてるってことだ。ここと同じようにそれぞれの生活があるってことだ」

私はもう一度頷く。

「そして、私たちも魔族を殺しに行くわけじゃないだろう？」

「はい」

「案外魔族だって、世間で嫌われているほど悪い奴らじゃないんだよ」

私が保証する、とリタチスタさんは笑う。

「リタチスタさんは、魔族にお知り合いがいるんですか？　そうだとしたら、その、無意味に怖がってしまって申し訳ないです」

「あ〜、知り合いねえ……」

ハハハ、と何を思い浮かべてたのか、空笑いをする。

「違いました？　ほら魔族の角にも心当たりがあるって話だったので、バロウとも、きっとそうなんだろうって言ってたんです」

「ナルホド。そりゃ予想くらいするか。ま、知り合いってもんじゃないけどね」

「はあ、そうなんですか」

知り合いの枠に収まらない、もっと仲のいい人なのだろうか。

「とにかくだ、カエデはそこまで心配しなくても大丈夫。安心して出立の準備を済ませなよ」

「あ、はい。お邪魔してすみませんでした」

部屋を出る間際、リタチスタさんは、至近距離なのにヒラヒラとこちらに手を振ってくれた。

それから三日ほどで、魔族領へ行くための準備が完了した。

まだ日も昇らない早朝、荷物に不備がないかのチェックが、リタチスタさん、バロウ、シズニさんの三人で三回行われた。その後、資料庫での留守を任されたシズニさんたち四人に見送られ、私たちは荷物を分担して、資料庫の敷地内に置かれたリタチスタさんの空飛ぶあの荷台へと向かった。

あの荷台でこれから四人旅かと思うと少し窮屈だなあ、とため息をこっそり飲み込んだのだが、実際に置かれていたのは、記憶の中にあるものとは違っていた。

まだ空が暗いからよく見えなくて見間違うとかではなくて、明らかに見覚えのない荷台に見える。

「あれ、あの、なんだか……」

「あ、気が付いた？」

リタチスタさんは私が変化に気が付いたことが嬉《うれ》しいようで、以前より大きな荷台の角を得意そうにポンポンと叩《たた》く。

「やっぱり四人ともなると以前のものは狭いだろうと思って、買い直した」

「か、買ったのか……、わざわざ？」

以前の荷台は荷物を積んで、バロウを除いた私たち三人で乗るとほぼ満員、といった大きさだったが、今回、目の前に用意されているのは、さらにバロウが追加で乗ってもきっと不便なく過ごせるほどの、たっぷりの広さがある。

安い買い物ではなかっただろう。リタチスタさん一人なら、以前の荷台で事足りていたはず。

それを、四人で魔族領へ向かう今回のために、買い直したという。

「値段はそれなりにしたけど、私だって蓄えくらいあるさ」

一体何を生業《なりわい》にしているんだろう。

「それに陸路だったら一体、どれだけの時間がかかるか」

私たちはリタチスタさんの言葉に全員で頷《うなず》いた。

出立準備の一環として、魔族領までの地理を大雑把《おおざっぱ》に習ったため、私も共感することが出来たのだ。

魔族領は、カフカから海を渡って真上に位置する大陸に存在する。そう、今回、海を渡ることになる。

「じゃあ荷物を積み込んで、出発しよう」

私とカルデノの荷物は、リタチスタさんやバロウに比べてそう多くない。いいや、この二人の荷物が多すぎるのだ。

それらを積み込み、次いで私たちが荷台に乗り込む。

荷台の広さ以外の構造は概ね以前と同じで、前方に窓もある。違いは、幌の骨組みが以前のものよりもしっかりしているくらい。

「さ、忘れ物もないし、ギロには合成石の調べものを、コニーとラビアルには莫大《ばくだい》な量の魔力の貯蔵を任せた。シズニはいつも通り資料庫の管理。問題ないね、出立しよう」

さあしっかり座って、とリタチスタさんが少し声を張り、私たち三人は、それぞれ好きに荷台の中で座り込む。

覚えのある浮遊感と共に荷台が地面から離れ、そして王都の空高く浮かび上がった。

第二章　魔族領

空の旅は概ね快適だった。

以前、ホノゴ山へリタチスタさん頼りで向かった時も、十分にスムーズで早い移動だったが、今回バロウも同行していて二人が交代制をとって進み続けたため、二人の疲労も本来より少ないものとなっていた。

そして移動している間も、リタチスタさんとバロウが互いに昔馴染《なじ》みであるからか、話題も尽きず、加えて、私とカルデノが魔法のことをさっぱり知らないから、簡単なことを説明してもらったりしてすごした。

それにカスミは、はじめこそリタチスタさんにとても大きな苦手意識を抱いていたようだが、こうして長い時間話をしているうちに、その態度も軟化。今ではリタチスタさんの行動に顔をしかめたり、逐一気にしてしまうこともなくなった。

そうやってすごすうちにカフカの港に到着し、私たちは一晩休みをとった。

翌朝早く、リタチスタさんは地図とコンパスを手に、海岸から海を眺めている。

カフカの海とあって、またメロたちに会えるだろうかと期待もしてみたが、同じ海でも、ここはメロたちのいた場所からは遠く離れているため、再会は断念せざるを得なかった。

「えーと……」

ここから先、魔族領の存在する大陸まで、荷台を下ろして休める陸地がない。そのため、進む方角を慎重に定めているようだ。

ところで今、私だけがリタチスタさんのそばに立っていて、カルデノたちはここで買い足すものがないか、全員の消耗品の確認をしていた。

「あのー、リタチスタさん？」

「うん？」

「私だけ呼ばれたからこっちに来たんですけど、何か用事があったんじゃないですか？」

「ああ、そうだね、少し」

それでも地図から目を離さない。方角の確認にそうまで時間がかかるのだろうか。

「カエデにだけ、非常に珍しいことに魔力が存在しないだろう？」

「え、はい。それが原因で、今も魔族領に向かってますし」

何が言いたいのだろうと首を傾げる。

「いや、ね。もしかしたらその魔力のなさを使って、手伝ってもらうかもしれないから、今の内に言っておいた方がいいかなって」

キミ、臆病《おくびょう》だからね、と平然と言われる。

「そ、それって、危ないことも……あります？」

リタチスタさんの言う通り私は臆病《おくびょう》だ。もし本当に私を役立てたいというなら、心の準備をするための時間を用意してくれるのはありがたい。

けれど気になるのは、危険の有無。バロウの家に侵入した時のように、私だけが何事もなく通れるといった簡単なことなら、いくらでも手伝うし、こちらも積極的に取り組みたい。

「ああ……、うん、大丈夫！」

少しだけ気になる間があったので、目を細めてリタチスタさんを凝視した。

「そう疑わないでくれよ。カエデのために魔族の角を取りに行くのに、そのカエデに何かあっちゃ取返しがつかないんだからさ。本末転倒だろう？」

私の視線を跳ね返すように、少し笑ってみせた。

「おーい、消耗品の確認が済んだぞ。買い足すならもう行くけど」

馬車の方からバロウの声がした。

それにハイハイとリタチスタさんが答えて、私たちは消耗品の補充を行った。これから私たちはいよいよ、魔族領へと足を踏み入れる。

海の上で何かあっては本当にまずいからと、今までにない速さで飛び、ほんの数時間で大陸へ到着した。魔族領が属する国マガロの中へ入り込み、荷台が降下する。

速度を上げたことで魔力を消費し尽くしたのか、リタチスタさんは荷台が地面に降りてからすぐに、持って来ていたわずかな魔力ポーションの内の一本を、一息に飲み干していた。

そもそもここは別の国なのだと違法入国の四文字が頭をよぎったが、旅券なんて必要ないと言い出したのはリタチスタさんだし、私に非はないはず、と気持ちをごまかす。

「やっと着いたね。さて必要な荷物を持って。ここからは歩きになるよ」

リタチスタさんとバロウは荷物をかき回して、これからに必要と判断した物を、各々腰のココルカバンに次々に収納する。

「あ、歩き……ですか」

そんなこと言ったって、と辺りを見渡す。なんだか殺風景な場所だ。海を渡りきってすぐに降りた場所はゴツゴツした岩場の海岸で、荷台もなんだか傾いている。

すぐ前の海から、肌に纏《まと》わりつくような少し強い潮風が吹いていて、あまり穏やかとはいえない海面は、波がザブザブと暴れ、岩に当たっては砕ける。

近くに港があるとも思えず、そもそも人が来るような場所にも感じられない。

少し遠くへ目を向けると、岩場はなくなって、道のようなものが見える。きっと、あれを歩いて行くんだろう。

どうにも長い距離を歩くことになりそうだ。道よりもさらに遠くには山が続いていて、道の先はどこへどのように続いているか分からない。見える範囲にこれといった人工物もない。

私やカルデノたちの荷物はリタチスタさんたちほど多くはないので、いつも通りにココルカバンを持って、全員で荷台を降りる。

「リタチスタ、土地勘はあるのか？」

バロウが問うと、リタチスタさんはすぐさま頷《うなず》いた。

「ああ、目的地までなら。で、だ」

荷台には透明になる魔法を使ったのか、スッと手慣れた様子で目の前から消してしまった。それから、何か提案でもあるのか、人差し指を立てる。

「君たち全員に、帽子をプレゼントするよ」

「……帽子？　お前のかぶっているような？」

と、カルデノがリタチスタさんのツバの大きな帽子を指さす。私も帽子と聞いて、無意識にリタチスタさんの帽子を見上げていた。

「ああ、私はおそろいでも別に良かったけれど、さすがに全員同じ帽子ってのもなんか浮かれてるし……」

「そうじゃないって」

バロウがあきれたように言葉を遮る。

「カルデノさんが言ってるのは見た目の話じゃなくて、魔法の込められた帽子かどうかかってこと」

「ああ、ハイハイそっちね」

「…………」

私は普通にカルデノがおそろいなのかの話をしていると思っていたため、一人で少し恥ずかしく思った。

「ま、そうだね。魔族領でこんな大勢の他種族が歩いていると、さすがに目立つから」

荷物の中からまず一つ、帽子を取り出す。

「魔族のフリが出来る帽子ってわけさ」

リタチスタさんが持つ帽子は、リタチスタさんのものに比べると小さかった。

ズラリと人数分出された帽子は、ツバ付きのハットでそろえられているが、すぐにデザインはバラバラだと分かった。

どれもリタチスタさんの使っている帽子ほど立派なツバはない。まるでツバの大きさで自分のアイデンティティーだけは死守するかのようだ。

「あ、小さい。これカスミの分ですよね？」

一つ、私が受け取ったのは、カスミがかぶれば丁度いいサイズであろう、とても小さな麦わら帽子。

「そうだよ。帽子といえど、ここまで小さいとなんとも可愛らしいものだよね」

カスミは自分の帽子と聞いて、私の手のひらの上にある麦わら帽子を手にとって、頭にかぶってみせた。

「にあう?」

「似合ってるよ、可愛いね」

満足気にクルクルと数回その場で飛んで回ってみせてから、リタチスタさんの方へ、ペコリと少しだけ頭を下げた。

「ありがと!」

「どういたしまして」

そして私たちは、それぞれ帽子をかぶって目的の場所まで歩き出した。

岩場を抜けて、見えていた道を辿《たど》り始める。

「この辺、なんだか雰囲気が暗い、というか、なんだか変わった様子ですね」

人工物がないのだから道以外は草木で溢《あふ》れていてもよさそうなものだが、まるで真冬を思わせるように、緑が少ない。

「以前にも言ったけれど、魔族領は魔力溜まりが多いからね。ここが魔力溜まりじゃないとしても、どこか近くにあって、その影響を受けてるのだろうさ」

「へえー……」

足元に生えているのは小さな草で、枯れていたり元気なく萎《しな》びているものもある。

「でも魔力溜まりでしか手に入らない物が見つかりやすいのは良い点かな」

「あ、マンドラゴラとかですか？」

「そうそう」

今のところ魔力溜まりで手に入る物というとマンドラゴラしか知らないのだが、それでもリタチスタさんはウンウンと大袈裟《おおげさ》に頷《うなず》いてくれた。

ふと、バロウの顔が視界に入る。

なんだか不安そうな、不満そうな表情。

私がバロウの顔を見ていたからだろう、リタチスタさんもバロウの表情を確認して声をかけた。

「なに不満そうな顔してるんだい？」

「え？　あ、いや別にそんな顔してないだろ」

「そう？　私にはそう見えたけど。魔族領に来たことが不満なんじゃないのかな？」

多分バロウは、魔族領に来たことが不満なのではなく、不安だとか恐怖だとか、その手の感情が膨《ふく》れ上がっているのではないだろうか。

言ってしまえばトラウマの地なわけだし、私は逃げていたバロウから屋根裏で話を聞いたからそのことを知っているが、リタチスタさんがそうでないなら、確かに不満そうな表情にしか映らないことだろう。

未だに詰められているバロウに、何か助け船でも出すべきか悩んで、話を変えてみた。

「ところでリタチスタさん」

リタチスタさんはバロウからこちらへ目を向ける。

「どうかした？」

「はい、ちょっと気になってるんですけど、どうしてここからは徒歩なんですか？　もっとどこか街の近くまで飛んで行くのはダメだったんですか？」

実際、ギニシアではそのようにしていた。

けれどリタチスタさんは、ウーンと悩んであごに手を当てる。

「まあ、これはギニシアでだってどこでだって言えることなんだけれど、珍しい物を人目に付く場所に置いておくのは危ないからね」

今や荷台に残っている物といえばクッション類やすぐに買い直せるものばかり。

とは言え、なくなれば買い直す手間はかかる。

そもそも荷台自体を盗まれない可能性がゼロじゃないというのなら、リタチスタさんの言葉も納得出来た。

「それで、目的の場所はどこだ？　ここからどれくらいかかる？」

バロウの顔からは先ほどまでの不安そうな表情は消えていた。

「目的地は街だよ。私たちの足で一日から二日も歩き通せば到着するかな。街に着けば休めることを励みに、頑張ろう！」

「ふ、二日……」

思わず口から漏れる。

カルデノはもちろん体力に自信があるし、カスミは、誰かの肩の上やカバンの中で休んだり出来る。リタチスタさんがどうかは知らないが、平然と言ってのけるのだから平気なのだろう。けれど私はその距離感覚に絶望した。

見たところバロウも愕然《がくぜん》としているようだ。きっと体力は私と大差ないだろう、なにせ引きこもっていたのだし。

それを加味すると、ひょっとして私の方が体力があるんじゃないだろうか。

歩いている道の続く先は、山の中。

本当にどうして海岸で荷台を降りなければならなかったか、その理由を説明されてもなお、荷台が恋しくて仕方ない。

それからリタチスタさんの言葉の通り、二日かかって山を越え、ふもとの街に到着した。

「皆お疲れ、ここが目的の街、クレイメイ」

特にそこ二人はお疲れだね、とリタチスタさんは憐《あわ》れんだように私とバロウを見た。

リタチスタさんが指摘した通り、私とバロウだけ、ヘロヘロだった。

カルデノは私に手を貸してくれたり、時には背負ってくれたりもした。

しかしバロウの方は、リタチスタさんから頑張れー頑張れーと声援だけ受けては、うるさい、と跳ねのけていて、余計に疲れているのではないだろうか。

「さて、お待ちかねの宿探しだ」

「はい！」

思わず最後の元気を振り絞るほど嬉《うれ》しかった。

改めて街を見渡してみると、話に聞いていた通り、ギニシアと何か大きく違っているような点は見受けられず、暮らし方や文化が全く違うなんてこともないのだろう。ただ、住人たちを除いては。

魔族の多くは頭に角が生えている。

他の角を持つ種族のような動物特有の角ではなくて、形や色、質感、大きさ、生えている場所も本数も様々のようだ。

共通しているのは根元数センチから先が、まるで宝石や鉱石、ガラスなどを思わせる美しさであること。

透明な角を持つ魔族もいれば、不透明な角を持つ魔族もいるし、赤青黄、緑に紫など、これまでの知識で分かる色から、なんと表すべきか言葉にできない色まであり、数色が混じっていることもある。本当に街の中は人がいればいるだけ、沢山の美しさを持つ様々な色の角で溢《あふ》れていた。

「カエデ」

「は、はい」

リタチスタさんが、あまりにキョロキョロと忙《せわ》しない私をたしなめる。

「あんまりそうやって、おのぼりさんみたいにするのはやめるんだ。結構目立つから、我慢して」

「ごめんなさい、あまりにええと、すごいなって」

「気持ちは分かるよ」

リタチスタさんは笑ってくれた。

宿を探す道すがら、魔族にも私たちと同じ生活があるのだと知った。

家族もあり、仲睦《むつ》まじい買い物姿を見かけたりもした。

様々な店があって、そもそも今探している宿だって、誰かが経営していてお客さんがいて、成り立っている。普通に暮らしているんだ、と何も知らないのに偏見じみた考え方をしていたことが恥ずかしかった。

また今、この場で帽子が急に風に飛んでなくなりでもしたらどうなるんだろう、と恐ろしいことを考えてもみた。

リタチスタさんはいつ頃ここへ来たことがあるのか、迷った様子もなく道を進んで、一軒の宿の扉を開けた。

その宿で二つ部屋を取って、私とカルデノとカスミ、リタチスタさんとバロウといった具合に、各々荷物を一旦部屋に置いて、リタチスタさんとバロウの部屋に集合する。

「さ、じゃあここからは、もう少し細かな説明が必要になるよね」

入口の扉のすぐ横に二つあるベッドと、奥に二脚ある椅子以外、テーブルすらない殺風景な部屋。

バロウとリタチスタさんがそれぞれベッドに腰掛けていたので、私とカルデノは必然的に余っている椅子に座る。

「だな。ここまで来ておいて、俺たち全員がまだ魔族の角の心当たりが一体なんなのか、はぐらかされてばかりで何も教えてもらってない」

「そうだな。信用してないとまでは言わないが、かくしてここまで来たってことは、それなりに後ろめたいか、それとも、魔族を殺して角を奪うから手伝えなんて言えなかったからか？」

カルデノが言うそれはつまり、どちらも後ろめたいって話になってしまう。

カルデノはリタチスタさんを信用していないわけではないだろうが、それでも倫理観に問題のある人とでも思っているんだろうか。いや、思っているからこそ出てきた言葉なのだろう。

バロウもバロウで、カルデノの言葉を否定しきれないような表情でリタチスタさんに目を向けた。

「あのねえ……。ちょっと君ら、私を人でなしと断ずるにはまだ早いんじゃないか？　失礼が過ぎるぞ」

「あ、悪い。でもなんか普通に言いそうだなって。……深夜になったら通行人を襲って角を頂戴《ちょうだい》しようかー、とか」

「ハハハ、そうしたいならお望み通りにしようか？　どれだけの騒ぎになるか見ものじゃないか」

表情なく声だけで笑って言い放つので、バロウは慌《あわ》てたように首を横に振った。

「そ、それで真面目なところは？」

「この街の少し外れた場所にある屋敷があるんだけど、そこ」

「そこに、魔族の角が？」

「そう」

リタチスタさんはコクンと頷《うなず》いた。

「屋敷って、そこがリタチスタさんのお知り合いのお屋敷ですか？」

きっとそうだろうと思って聞いてみたのに、リタチスタさんの返答は曖昧《あいまい》なものだった。

「うーん。まあ、うん、旧知の仲だね」

それには私たち全員が首を傾げた。

明らかに歯切れが悪くて、ただでさえ魔族領という未知の土地で、筆頭であるリタチスタさんがこうでは不安が募る。

「大丈夫なのか？　もし少しでも危険だと思うなら、ここまでが無駄足になるなんて思わないで、ギニシアに戻ろう」

「いいや」

バロウの提案をリタチスタさんは迷わず蹴《け》った。

「危険はないよ。ただ、目当ての角が私の覚えている場所から、どこにも運ばれていないかが心配なだけで」

「運ばれて？」

「そう」

カルデノの呟《つぶや》きにピッと人差し指を立てて、素早く反応をみせた。

「まあなんだ、その旧知の仲の魔族が昔、訳あって角を落としてしまってね。それを譲ってもらいにここまで来たわけだ」

「なるほど、それなら無理を言えば譲ってもらえなくもない、のか？　けどそんな、いくら旧知の仲だからって、おいそれと譲ってくれるなんてこと、あるか？」

それには私も疑問を持った。何もバロウだけが思うことじゃないだろう。

体の一部、それも一生に一度しか生えてこないという、大切で貴重なもの。それが、リタチスタさんに言わせれば、譲ってもらえる品だと。

「そうだね。特に文句は出てこないと思うけど。皆が心配に思っている事態にはならないだろうさ」

少なくとも私は、リタチスタさんの知り合いが、角をくれと言われたせいで怒ったりさえしなければ、もし断られたとしても、リタチスタさんが今言ったような事態ではないと思う。

一方で、魔族のことを私やカルデノよりも知っているバロウは、どう思っているだろうか。

「なあ、魔族にとって角っていうのは、どんな存在なんだ？　おいそれと人に譲れるものなのか？」

「質問が重複してるなあ……」

面倒そうに頬《ほお》へ手を当てながらも、リタチスタさんは落ちついた声で答えた。

「そりゃあ大切な存在だよ。何せ生涯に、ただ一度しか生えないんだから。そして腕だのを切り落とすのとも訳が違う。角は折れてしまったとしても腐らないから、ずっと使える」

「……何にだ？」

カルデノが静かな声で問う。

何に。私たちだって、今は合成石を作るために魔族の角が必要だからと調達に来ているくらいだから、魔族本人だって折れてしまった角を使うことはあるのだろう。

やはり合成石だろうか？

「何に使うかはその魔族本人次第さ。他人に譲るも良し、あの見た目の通り美しく磨いて、生涯を誓う相手に送るも良し、金に換えるも良し。ただ大切に保管してる人もいれば、その他私にも想像のつかない使い道を見出す者もいるだろうね」

「なるほど……」

質問した本人であるカルデノが納得して、この話題は終わりとなった。

「ところでこの後のことだけど」

この後、となると例の屋敷へ行く算段だろう。

「昼間に屋敷へ行くのは目立つかもしれない。だから夜に向かおう」

「目立ちますか？」

「いくら帽子で魔族のフリをしても、屋敷にしか繋《つな》がらない道を行くからね。誰かに怪しまれるのは好ましくない」

「あ、なるほど」

ただでさえこの街の住人ではないのだし、屋敷への客人と思われない可能性も捨てきれない。

「だから宿で夜まで待機しよう。いくら私の作った帽子があるとはいえ、不意に落とさないとも限らないから、興味本位で宿の外を出歩くのは絶対禁止。出来ることは夜に備えて寝るだけ。分かったかい？」

私たちは全員で素直に頷《うなず》き、部屋へ戻って、ただ夜を待った。


部屋の窓から外を見る。

リタチスタさんに言われた通り、早くに睡眠をとって、起きてみると空は暗く、家々から漏れる明かりが目立ち始めていた。さらに真っ暗になってからは、やがてそれも少しずつ消えていく。

私たちに割り振られた部屋でそのように時間の経過を観察していると、コンコンと扉がノックされ、開けるとリタチスタさんが立っていた。横には神妙な面持ちのバロウもいる。

「さ、行こうか」

「はい」

私とカルデノは荷物を持ち、カスミはいつものようにココルカバンへ身をかくし、宿を出た。

外を歩く上で私もカルデノもカスミも、もちろん誰に言われるまでもなく、帽子を身に着けることを忘れなかった。

それだけ魔族領の中を歩くということを警戒している表れだろう。

外は想像していた通り静かだった。屋内から多少の声や物音が聞こえてくることもあったが、たいがいは寝静まっている。ともなれば、この人数で出歩く姿が逆にどうにも目立って思えた。

行先が分かっているのがリタチスタさんだけなので、私たちはリタチスタさんの少し後ろを歩いていた。そんな中で、バロウがリタチスタさんに声をかけた。

「リタチスタ」

「何かな」

「結局はぐらかされ続けてるんで気になってることがある」

「……何かあったっけ?」

本当に心当たりがないのか、それともとぼけているのか、訝《いぶか》しげな表情で軽く後ろを振り返る。

「今向かってるっていう屋敷の魔族との関係だ。曖昧《あいまい》に回答して旧知の仲だとか言ってるけど、もっと明確にその関係を答えてくれないか。魔族と旧知の仲なのは何故だ?」

リタチスタさんが目的地に向かう足を止めることはなかったが、それでも、少し間をおいてから話し始めた。

「私があちこちフラフラしてたのはバロウも知ってるだろう?」

「ああ」

「私自身、こんなものを作れるからさ」

そう言って、自分のツバの大きな帽子をツンと指さす。

「魔族領には興味があって、以前にも来たことがある。その時、今向かってる屋敷の娘と知り合った」

「…………」

それでもバロウはまだ納得がいかない表情でいた。それを知ってか知らずか、リタチスタさんは続ける。

「なんでも死んだ姉と、髪の色も目の色も同じで気になったそうでね。好都合だと思ったんで私をその姉だと思えばいいよ、とそれから口当たりのいい言葉を言いまくった。色々知りたくて懐に入ったんで、多少は魔族に詳しいのさ」

「じゃあ、それを黙ってたのは、お前が人でなしなのをかくしたくて？」

なんとなくムッとした表情でまたリタチスタさんが振り返る。

「人でなしとは言い方が悪い。私は姉をなくして寂しい思いをしてる女の子の心を慰めて、そのついでに色々聞いただけだよ」

それ以上、バロウも何も言い返すことはなかったが、リタチスタさんも自分でかくしていたなら、それはつまりバロウの言う通り、後ろめたく思う感情があったからなのでは？

いや、言うように女の子を慰めるために姉の代わりと思えばいいと言ったのは、姉を騙《かた》っているわけじゃない。人でなしとまでは言えないのではないだろうか。

私たちはまちはずれの暗い道へ入る。

森の中とまでは言わないが、それでも民家のない場所は人も通らないのか手入れもされておらず、木や草が好き勝手に生えている。昼間の街はあんなに人がいたはずなのに、今はどこか閑散とした雰囲気を感じさせる。

綺麗にならされた道はあるけれど、道の途中に民家はない。

頼りになるのが月明かりだけの中、リタチスタさんは迷いなく進む。私はその背中に垂れる明るい髪色を目印に、後ろをついて歩いているような状態だ。

やがて、薄暗い中に大きな屋敷が見えた。少しだけまちはずれに佇《たたず》む邸宅だ。

「ここがリタチスタの言ってた？」

「そう」

立派な屋敷だ。夜であるためにまるで幽霊屋敷のように見えるが、左右対称な広い庭に左右対称の広いレンガの屋敷。入口には花のない花壇がある。

「本当に誰か住んでるのか？　まるで人の気配がない」

カルデノの言う通り、屋敷は窓のどこにも明かりらしきものは見えず、目を凝らすと二階建ての屋敷は、古びて風化した建物に見えた。

窓という窓にカーテンが引かれ、一寸たりとも中を窺《うかが》うことが出来ない。

「……おかしいな。そんなはずないんだけれど」

リタチスタさんも想定していなかったらしく、困ったようにキョロキョロと辺りを見回して、どうしようもないと判断したのだろう、玄関扉の前まで歩み寄り、取っ手を引いた。

「…………開いちゃった」

私たちの方へ振り返って、真っ暗な屋内を背景に、いたずらっぽく笑う。

「開いちゃったって……」

今度はバロウが困ったように私やカルデノに目配せする。

「ええと、もしかしてリタチスタさんの知らない間に引っ越してしまったなんてこと、ありませんか？」

「どうかな。ないとは言えないけど」

頻繁《ひんぱん》に会う相手でもなかっただろうし、リタチスタさんの様子から、連絡を取る手段などもなかったようだ。

開けた扉の先は真っ暗で何も見えないが、気になるようで少し覗《のぞ》き込んでいた。

「……悪いけど、気になるから私だけで一度中を見てくるよ」

「え、いやでも、一人でか？」

バロウが言うと、リタチスタさんは頷《うなず》いた。

「もしただ寝てるだけだったら、この人数で押しかけるのは驚かせてしまうだろうし、とりあえずね」

「そうか……」

リタチスタさんは、腰のココルカバンからランタンを取り出し、火を入れた。

「じゃ」

それだけ言い残し、扉は閉じられた。

カーテンが閉めきられているとはいえ、ランタンの明かりまで遮るほどの厚い布ではないらしく、通路に面した窓を明かりが通るのが見える。

屋敷に入って、一階の右へ進んだようだ。

「ま、本当に寝てるだけだったら申し訳ない気もするか」

バロウの言う通りだ、と私は少し笑った。

けれどそれから十分以上経つと、違和感を感じ始めた。

「……さすがに遅くないか」

屋敷の方へ耳を凝らしていたカルデノが言った。

「それにリタチスタがいくら静かに歩いているにしても、屋敷に入ってから聞こえていた足音も今は聞こえない」

「え？」

バロウは驚いて屋敷を凝視した。

言われれば、廊下を通っていた明かりも、少し前から見えていない。

「廊下からどこか部屋に入ったものだと思っていたが」

「そう、だよな。もしかしたら普通に屋敷の住人と話してて、部屋の中で動きがないだけかもしれないし……」

それから数分、私たちは屋敷の窓を眺めたまま、無言だった。

「ちなみに、明かりってどの辺から見えなくなったかな？　私もやっぱり、遅すぎるんじゃないかなって思えて来て」

すると、カルデノが迷いなく一階の右端を指さした。

「あそこだな」

一番に動き出したのはバロウだった。躊躇《ちゅうちょ》なく、リタチスタさんが入っていった扉を開ける。

「行くのか？」

カルデノが確認すると、バロウは力強く頷《うなず》いた。

「行く。何かあったなら助けが必要だろうし」

それだけ言い残して、バロウは明かりも持たずに中へ駆け込んだ。

「あっ……」

駆け足の音はどんどん遠ざかり、私はカルデノを見上げた。

「どうする？」

「……追いかけよう。本当に何かあったんだとしたらそれはきっと、大変なことだと思うから」

私はココルカバンから明かりを灯す石を取り出し、バロウの後を追いかけて走り出した。

屋敷の中は埃《ほこり》が舞い上がっていた。それだけで長らく人がいなかったのだと分かるものなのに、どうしてリタチスタさんはすぐに引き返して来なかったのだろう。

考えつつも、カルデノが明かりが途絶えたと言っていた屋敷の端が見えてきた。

と突然、うわ、と小さくバロウの声がした。

何かあったのか、と声をかけたが返事はない。

屋敷の端へ到着したが、そこは行き止まり。すぐ近くに部屋が一つあるだけ。そもそも扉が開いたところを見ていない。

「二人ともいない……」

「この部屋の中じゃないか？」

そう言ってカルデノが古びた扉の取っ手に手をかけたと同時に、バンッと大きな音と共に、内側から扉を吹き飛ばしそうなほどの衝撃が響いてきて、ヒッと声を漏らした。

「な、なんの音⁉」

「バロウか！　リタチスタか⁉」

カルデノが私のことを背に庇《かば》って扉から距離をとると、今度は扉を何かが突き破って出てきた。

「ヒッ」

またも口から悲鳴が漏れる。

扉を突き破ったのは大きな剣の先端に見えた。その剣が引き抜かれたかと思うと、中からリタチスタさんの叫び声。

「帽子を脱ぐんだ！　早く！」

「ぼ、帽子を⁉」

絶対に取るなとまで言った帽子を今は脱げと言う。

今までにない焦った様子、そしてわずかに開いた穴から見えるのは、真っ暗な室内。そこから冷たい空気が漏れ出している。

中では一体何が起こっているのか、とにかく言われるままに私たちは全員で一斉に帽子を脱いだ。

中からは凄まじい音がしている。何か硬い、あるいは重たいものを叩《たた》きつける音に思える。

とにかく扉を開けてリタチスタさんとバロウを助けようと取っ手に手をかけるも、扉はビクともしない。

カルデノに頼んで扉を壊してでも開けようとするが、まるで岩の壁のように、壊れる気配がない。

「頼みがある！」

「は、はい！」

　扉の向こうから、謎の破壊音に混じり、またもリタチスタさんの声がする。

「この家の厨房《ちゅうぼう》近くに地下へ続く扉があるからその奥へ進んで、そしたら多分、人形かぬいぐるみがあるはずだから、それを壊して来てくれるか！」

　厨房は今いる場所とは反対側だから、入口を通り越してずっと向こう、と指示され、私たちは走り出した。

「リタチスタさんどうしたのかな、あんなに取れないように気を付けてって言ってた帽子を脱げなんて」

「分からない。あの部屋の中はどうなってるんだ、それにバロウの声が聞こえなかったのも気になる」

　言われれば確かに、聞こえた声はリタチスタさんだけだった。

　しかしバロウがあの部屋に入ったのは間違いないし、もしかすると負傷している可能性もある。

　そう思えばなおのこと、厨房《ちゅうぼう》を探すための足を速めた。

「あ！　あの扉はどうかな⁉」

　両開きの扉が見えて、カルデノが一足先にその扉を勢いよく開け放つ。

「ここが厨房だ、合ってる。なら地下へ続く階段……」

カルデノが視線を巡らせる。私はあてずっぽうで、数メートル離れた位置にある扉を開けた。

冷えた空気が肌を撫《な》でた。中には地下へ続く階段があり、その先にはまるで溜まっているかのような暗闇があった。

「あったな。リタチスタの言ってたのは、恐らくここだろう」

「う、うん」

階段は細くて、一人で歩くのには支障はないが、二人並んでは歩けない。

カルデノが一歩前に踏み出す。

「私が先を歩く。カスミは後ろを警戒してくれるか？」

「わかった」

カスミは私の肩に降り立ち、三人で階段を下り始める。

石造りの階段と壁は冷たく、空気も冷たい。不気味さもあって身震いした。慎重に階段を最後まで下りると、そこは少し広い、完結した空間になっていて、石の床の中央には黒い人形のような物が座っていた。

丸みがあって人間には見えないが手足があり、頭もある。顔はのっぺらぼうで毛髪の類《たぐい》もない。まるで黒焦げの木製品のように見える。

「ええと、奥にあるはずの人形って、これ、だよね」

「壊せばいいんだったな」

カルデノも人の形をした人形を不気味に思っているのだろうが、顔をしかめながらも躊《ちゅう》躇《ちょ》なく踏みつぶした。

ブシュ、と踏みつぶされた人形から、リタチスタさんたちのいた部屋から感じたのと同じ、凍るような冷たい空気が一瞬漏れて、床を撫でた。

「壊したけど、これだけでいいのかな……」

「ああ。……他には何もない、指示されていたのはこの人形を壊すということだけだから な。一度リタチスタのところへ戻った方がいいな」

「そうだね、うん」

壊れた人形が視界に入っているのがやはり気味悪くて、一刻も早くこの地下から出たかった。

下りてきた階段を上って、扉を開けようとしたが、開かない。

「んん？」

鍵なんて存在していないように見えるのに、施錠されたかのようにビクともしない。

「開かないのか？」

カルデノが私の後ろから覗《のぞ》き込んでくる。

「うん、何か扉の向こうに引っかかってるのかな」

「まさか。入る時だって何かがあったわけじゃない」

カルデノが横から手を出して私と同じように扉を開けようとしたけれど、どんなに力を込めても開くことはなかった。

カルデノはムキになって力いっぱい扉を蹴《け》飛ばしてみたり、ナイフで穴を開けようとしたり色々試してみたものの、やはり扉は開かない。

「これ、もしかして閉じ込められたんじゃ……」

「みたい、だな」

カルデノの表情は険しく、私も不安になって拳を握った。

「カエデ、カエデ」

クイクイとカスミに髪を引かれて振り返る。

「どうしたの？」

「あっち、誰かいる？」

カスミが指さしたのは、あの人形しかなかったはずの地下空間。

「こ、怖いこと言わないで……」

何がいるというのか、カスミは怖がって階段の先に目を向けている。

「カルデノ、何もいないよね？」

どうやら私が言うより早く耳を澄ませていたようで、耳がクーっとわずかに動く。

「何かが動くような物音はしてないが……。ん、それよりリタチスタがこっちに走って来てるな」

「本当⁉」

もし扉が開かない理由が扉の外側にあるなら、これで外へ出ることが出来る。

カルデノが言った通り、すぐに駆け寄ってくる足音が聞こえてきて、ガチャガチャと扉の取っ手を引っ張る音がした。

けれど開かないらしい。ガンガンと数回強いノックをして、リタチスタさんが扉の向こうで叫んだ。

「無事かい⁉」

「はい無事です！　リタチスタさんに言われた通り、人形を壊しました！」

扉一枚挟んでいるため定かではないが、リタチスタさんの声は、どこか焦っているように思えた。

「ああ……！　良かった。そうか、その部屋には何もなかったんだね」

「え？　この部屋にはって……」

「その話はあとだ。とにかくこの扉は開かないんだろう？」

「そ、そうなんです。入る時は普通だったのに」

「…………」

リタチスタさんからの返事がない。何かが間に挟まっているというのはそれだけで厄介だ。そこにいるのかも、表情から何を考えているかの推測も出来ないのだから。

「リ、リタチスタさん？」

不安になって声をかけると、すまない、と謝罪の言葉が返ってきた。

「多分、カエデだけなら出て来られると思うんだ」

私は首を傾げた。どうして力が強いカルデノでも、小さくてどこへでも飛べるカスミでもなく、この私なのだろうかと。

「地下はどうなってた？」

どう、と問われた意味は分からなかったが、ありのまま、見た通りを伝える。

「下には部屋があって、その部屋の真ん中に、リタチスタさんの言った通り人形が、黒い人形がありました。今はカルデノが踏み潰《つぶ》したので壊れてますけど」

「なるほど。下の部屋にいくつか扉があっただろう？」

「え？　いえ、部屋は人形のある空間だけで完結してました。他に出入口なんて、なかったと思ったんですけど」

ね？　とカルデノやカスミに確認すると、二人ともそんな扉は見ていないと首を縦に振る。

「なら、もう一度下へ行って、そこで厨房《ちゅうぼう》へ続いていそうな扉を探すんだ。見えないだけで必ず扉はある。そうだね、扉がかくれてる場所は、隙間風が通っているかもしれないから、それを頼りに手探りするんだ」

「わ、分かりました」

「きっと扉をくぐれるのは魔力のないカエデだけだから、残る二人は扉が開くようになるまで大人しく待機しててもらうことになる」

さあ行って、と促され、私たち三人はまた不気味な地下へ足を運んだ。

部屋の真ん中には、壊れた人形が同じ位置にある。

「ち、厨房に続いてそうな扉……、ってことはええと」

地下へ続く扉がそもそも厨房の右隣にあって、その階段をまっすぐ降りて来たから、と左隣の壁に目を向ける。

「隙間風があるかもしれないと言ってたな」

カルデノが呟《つぶや》く。これから壁に手を当てて少しずつ探すことになるのだろうと思っていたが、カスミがスーッと飛んである一点に近寄り、小さな手を壁に当てた。

「ここ！」

「え、そこなの？」

私とカルデノもカスミに続いて同じ場所へ手を近づけると、確かに風を感じられた。

「でも、扉なんて……」

なんとなく壁に触ってみると、ただの壁だったはずの一部が溶けるように流れ落ち、一つの扉が姿を現した。

「わ、で、出てきた！」

「……出てきた？　何が？」

カルデノが首を傾げる。

「え。ほら、ここに扉が」

扉を確かに指さしているのに、カルデノもカスミも、それがまるで見えていないようだった。

いや違う、本当に見えていないんだ。

「扉をくぐれるのは魔力のない私だけって、こういう意味？」

カルデノはそれで納得したようで、一度小さく頷《うなず》いた。

「なるほど。……それなら私とカスミはここで待ってる。カエデはリタチスタのところへ行くんだ。説明はなかったが、きっとここから出られる術《すべ》を知ってるだろうから」

「う、うん」

不安だったが、扉を開ける。暗い階段が上に続いていて、ごくりと生唾《なまつば》を飲み込む。

「カルデノはランタン、持ってたよね？」

「ああ」

カルデノは腰のポーチからランタンを取り出し、火を入れた。

「じゃあ、私リタチスタさんのところに行ってくる。私に何が出来るか分からないけど、なるべく早くここから出られるように頑張るね」

「期待してる」

「がんばって」

私は二人に背を向け、階段を一段一段上る。長さは先ほど下ってきた階段と同じくらいで、突き当りのもう一枚の扉にも手をかける。

キイ、と小さく軋《きし》む音がして軽く開いた先は、間違いなく厨房《ちゅうぼう》だった。

この屋敷にかつてどれほどの人数が生活していたのだろう、普通の家庭とは違って広い。

厨房の中央にある作業台の向こうに、半開きの扉があった。そこへ駆け寄って、すぐに扉を開け放った。

「カエデ」

「リタチスタさん！」

黙っていなくなったりしないと分かってはいても、廊下にリタチスタさんが立っていたことにホッと胸を撫《な》で下ろした。

「やっぱり、出て来られたのはカエデだけだったね」

リタチスタさんは残念そうな、申し訳なさそうな表情で言った。

「ごめんよ、私がボヤッとしてたから結果的に全員、散り散りになってしまって」

「い、いえ。何があったのかも分からないのに責められませんよ」

自分で言っておいてハッとした。

「そうですよ、一体何があったんですか？　リタチスタさんは戻って来なかったし、さっきは部屋の中ですごい音もしてて、それに、バロウはどうしたんですか？」

「そうだね、最初から話すよ。とりあえず歩こう」

リタチスタさんはどこかへ歩き始め、私はその隣を歩く。

「まず私は、角が確かあの部屋にあったはずだからと向かったんだけど、閉じ込められたみたいで」

「だから、リタチスタさんの持った明かりが廊下から見えなくなったんですね」

「そう。あの部屋から出るにはどうしたらいいかと考えたら、思っていたよりも時間が経過していたみたい」

で、だね、とリタチスタさんは少し言いづらそうに、額に手を当てながら言った。

「私を閉じ込めたのが、どうやらここへ来る途中で話した屋敷の娘のようで」

「え？」

確か、リタチスタさんを姉に似ていると言い、リタチスタさんもそれに付け込んだのだった。

「もしかして、屋敷の人に何かしたんですか？」

「いやいやそうじゃなくて」

苦笑いしながら否定した。

「探してた魔族の角は、多分あの部屋にあるんだと思う。さっきの、私が閉じ込められてた部屋ね」

「あるのを見たとか、何か確認は出来たんですか？」

「……ああ、一瞬ね。けどそれを屋敷の娘は守ってたみたいで閉じ込められて、侵入者として排除されそうになった」

切っ先が扉を突き破って見えた、あの剣が、きっとその排除する手段だったのだろう。なんとも物騒で、リタチスタさんが今こうして無事に怪我《けが》もしていないのが奇跡に思える。

「簡単に説明すると、カエデたちに壊すように頼んだ人形が、あの部屋を開けるための鍵みたいな役割になってて、あれを壊してもらえたから私は出られたんだけど、今度は君たちが閉じ込められちゃったね……」

ホント、ごめんね、とリタチスタさんは偽物かと思えるくらいしおらしくて、私はただ短く、気にしないで下さい、としか返せなかった。

「それじゃ、バロウはどうしたんです？」

リタチスタさんが閉じ込められたのと同じ部屋に入ったと思ったのだけれど、今も姿が見えないままなのが疑問だった。

「うーん、それがねえ」

私とリタチスタさんは、長い廊下を、その閉じ込められていた部屋に向かってまっすぐ歩いていた。迷子になりようもないほどまっすぐ。

けれど、リタチスタさんは途中で、スッと屋敷の奥へ向かうように曲がった。

「あ、え、リタチスタさん、どこへ？」

「バロウは確かに同じ部屋へ入って来たんだけれど……」

私の言葉はまるで無視され、暗くて怖い屋敷の中を、分かれて歩く度胸もないので不思議に思いながらも同じく進路を変更し、リタチスタさんの背中を追いかける。

「今、行方不明なんだ」

「……はい？」

「バロウね、行方不明なんだ。どこにいるか分からない。あーいや、屋敷の中だとは思うけれど」

バロウが、行方不明……？

「え、ええ⁉」

「だよねえ、驚くよね。閉じ込められた部屋にいた変なのと戦ってて、ちょっと目を離したスキに、姿が見えなくなってってさ」

ハハハと軽く笑うだけで、足取りが重くなるわけでも、気持ちが沈んだ様子でもない。

長い付き合いなのに心配ではないのか、と、前方に回り込むようにしてリタチスタさんの足を止めた。

「ど、どうしてそんなに悠長なんですか⁉　もう一度あの部屋を探した方がいいんじゃないですか⁉」

私の慌《あわ》てた様子を意外そうに見て、けれど優しい声で大丈夫、と言った。

「バロウが簡単に死んだりしないのは、私がよく分かってるつもりさ」

信頼から来る余裕、というものだったらしい。

私の肩をポンと軽く叩《たた》いて、リタチスタさんは再び歩き出した。

そんな風に信頼されているバロウを必要以上に心配してしまった気がして、急に恥ずかしく思えた。

隣に追いつくと、リタチスタさんはピッと人差し指を立てた。

「私たちが今するべきは、この屋敷の娘を探し出すこと。それがバロウや、カルデノやカスミを助け出すことにもなる」

「は、はい」

リタチスタさんの顔を見ながら深く頷《うなず》く。

それに気を良くしたようにリタチスタさんは足をそろえて立ち止まり、何故かスッと両腕を前方へ突き出して言う。

「じゃ、早速仕事だカエデ。この廊下から二階へ続く階段を探そう」

「階段？」

リタチスタさんの顔を見ていた視線を前方へ移し、ゾッとした。

長い廊下があった。明かりも届かない、果てしなく長い廊下。

後ろを振り返っても同じ。曲がって進んできた距離なんてたかが知れているのに、どこにも曲がって来た別の廊下は見当たらない。地の果てまで続いているかと思うほど、長い廊下だった。

「あ、あの、この屋敷、おかしい、ですよね？」

「おかしいよ。屋敷の娘が魔法を使ってる。何かを操ってる。けどカエデ、魔力が一切ない、この世の不思議でできてる君なら突破出来る」

そういえば、さっきも地下室でカルデノたちには見えなかった扉を、私だけが見つけてくぐり抜けることが出来た。きっと、同じことを期待されているのだろう。

「帽子をかぶっていないカエデを屋敷の娘は認識出来てない。そして長いこの廊下も、そう見えてるだけだ。焦らなくていい、階段を探して欲しい」

「はい、分かりました」

リタチスタさんの持つ明かりを頼りに、手を壁に当てて、滑らせながら歩く。まずは左側。手を滑らせていると、いくつかの壁が溶けるようになくなり、扉が姿を現したが、今探しているのは階段。

長く続く廊下だと思っていたが、ふと前方を見ると、左側の壁だけ、すでに他の扉も現れていた。

それをリタチスタさんに伝えると、戻って来たのだ、と言う。

「さっきも言ったけれど、本当に長い廊下が存在してるわけじゃない。私たちにそう思わせているだけさ」

本当は無限に続いている廊下ではないから、認識の幅にも限界がある。その限界が見えた。普通ならこうはならず、永遠に終わりのない廊下をさまよう恐怖に押し潰《つぶ》されていたことだろう、とリタチスタさんは語った。

「さ、左に階段がなかったなら、次は右の壁だ」

「はい」

右の壁も同じように、手を当てて歩く。

またいくつか扉が姿を現す中で、私はピタリと足を止めた。

「階段があった？」

「あ、いえこの扉なんですけど、他の扉と様子が違うみたいで」

気になった扉は、他の扉と違って少し細長く、高さも天井付近まであった。造りも他と変わらずシンプルながら、リースが飾ってあった。まるで摘みたてのように瑞々《みずみず》しい緑色の葉と、淡い色とりどりの花でできたリース。

生気を感じられない屋敷の中にあっては、どうにも浮いている。

特徴を伝えると、リタチスタさんは少し悩んでから指示をくれる。

「生憎《あいにく》と私には見えないけど、ちょっと開けられるかな」

言われて私は、その扉の取っ手を引いた。

「開きます」

蝶番《ちょうつがい》の軋《きし》む音すらなく滑らかに開いた扉の中は、階段だった。

「あっ、ありました階段！」

赤い絨毯《じゅうたん》の敷かれた、上へと続く階段。リタチスタさんはやはり見えないと言うけれど、階段の終わりにはさらに扉があるようだ。

「うーん、通れるかな」

そう言いながら階段の通路へそっと手を伸ばしたリタチスタさんだったが、その手はまるで見えない壁に阻まれたようで、通ることは出来なかった。

私が先に階段の通路へ入って、その手を引いてみても同じ結果となり、私はもちろん、リタチスタさんも悩んだ。

「困ったね」

「困りましたね」

そもそも手を引いて通れるなら、今からでも引き返してカルデノとカスミも一緒に……、いや、どのみちこの廊下では元凶をどうにかしないと助けにだって行けない。

「仕方ないか。……カエデ」

「はい」

私は階段側から廊下へ戻った。

「二階の探索はカエデに任せるしかない。だからこれを預けるよ」

そう言ってリタチスタさんは自分の腰のカバンの中から、小さな革袋を取り出して私に手渡した。

「これはなんですか？」

言いながら袋の口を開く。

「黒鉱だよ」

中には、言われた通り見慣れた黒鉱が入っていた。

「わざわざ持って来てたんですか……」

「これは絶対に役立つと思ってね。現にこうして使い時がやって来たわけだから」

「確かにそうですね」

コクンと頷《うなず》く。私はこれに触ったところでほとんど問題もない。

けれど、この黒鉱を渡された自分がこれから一体何をさせられるのか、それだけが不安だった。

「二階に必ずこの屋敷の娘がいる。娘は目が見えず、頼りにしてるのは自然が持つ魔力や、聴覚、感覚だから、くれぐれも音を立てないよう、声を漏らさないようにするんだ。それさえ守れば、カエデは完璧にそこにいない人と言える。娘を見つけて黒鉱で魔力を奪えば、この屋敷も元に戻るはずだ、任せたよ」

一気に説明を受けて、はじめは目を白黒させるしかなかったが、自分の中でゆっくりとかみ砕けば、言われたことはシンプル。

「音を立てず、黒鉱で魔力を奪う……」

そうだ、説明だけならば簡単なことだと言える。けれど実際に行動するとなると話は別だ。

「そ、その、もし物音を立てたりしたら、どうなりますか?」

「私が閉じ込められた部屋で戦ったゴーレムに襲われるかもしれない。だから、無理だと思ったら引き返しなさい。黒鉱で魔力を奪って欲しいのが本音だけどね」

正直に、怖いな、とリタチスタさんに向かって本音が出てしまった。

「すまないね。屋敷がこうなってるなんて、知らなかったんだ」

リタチスタさんにとっても想定外で、私にこんな負担をかけるつもりはなかったようだ。

「あの、言い訳みたいで情けないんですけど、これは今、私にしか出来ないこと、なんでしょうか？」

「ああ」

リタチスタさんは、はっきりと頷《うなず》いた。

「全員がこの場にそろっていれば他に手立てもあったかもしれない。けど散り散りだ。バロウに至ってはどこにいるかも分からない。となれば、力に任せて解決して、最悪の場合、誰かの死体が転がるなんて結末にはしたくないよね？」

「し、……は、はい」

私は何度もコクコクと頷いた。

「ありがとう。任せた」

「頑張り、ます」

私の返事を聞いたリタチスタさんの表情は、やはりどこか申し訳なさそうだが、けれどそれ以上、何も言うことはなかった。

私は静かに階段を一段一段、踏みしめるように上がった。そして終わりにある扉をそっと開き、顔だけ覗《のぞ》かせて様子を窺《うかが》う。

広い屋敷だし、また長い廊下に出るのだと思っていたが、意外にも部屋の扉が二つ並んだだけの、廊下とも言いづらい細長い空間しかなかった。

階段の扉の真正面に二つ、扉が並んでいる。その片方、左の扉の奥から、鼻歌が聞こえてくる。

まだ幼さを感じさせる、女の子の声のようだ。

きっとその鼻歌の聞こえる部屋が、目的の場所で間違いないだろう。慎重に足音を殺して扉に近づき、取っ手に手をかける。

やはりこの扉も頻繁《ひんぱん》に使われているのか、蝶番《ちょうつがい》の軋《きし》む音など一つもしないまま、スーッと滑らかに開く。

十畳ほどの部屋の中には、燭《しょく》台や様々な形のランタンなどが、壁面やチェストの上、テーブルの上、床の上など、好き勝手に放置されたように置かれていて、その全てに火が灯っていた。

明かりだけではない。本やおもちゃ、服も散乱している。まるで癇癪《かんしゃく》を起こした後の子供部屋のようだ。

そして、部屋の一番奥の窓際には一人の女の子が立っていて、カーテンも開いていないのに、外の景色を眺めているようだ。

身長は私よりも低くて、胸ほどの高さだろうか、リタチスタさんとよく似た橙色の髪は長く床に引きずりそうなほどで、耳の上らへんにはまっすぐ天井を向く、赤くざらついた太い角が生えている。

魔族だ。見た目は小さい女の子のようだが、角の長さは自身の頭部よりも長い。あの年頃の体であんなに大きな角が生えている魔族は、街では見かけなかった。

一度開けた扉をそのままに、私は手に黒鉱を握りしめ、床に散乱する物に気を付けてゆっくりと歩き出す。

音を立てないよう、ゆっくり。けれど女の子の動向にも気が抜けない。

一歩、また一歩と進む中で、女の子が鼻歌を歌ったまま動きをみせた。

こちらへ振り返ったのだ。

見つかってはいないかと不安になったのは、その目がパチリと開いたまま、部屋の中を見渡すような動きをしたから。

真っ白で清潔なワンピースの裾はくるぶしまで届き、ふんだんにあしらわれたドレープを揺らしてご機嫌なようだ。

けれど私を見つけた様子はない。

目が見えないというのはどうやら本当のようで、ひとまず胸を撫《な》で下ろした。

とはいっても心臓が止まる思いをした後で、外にも聞こえそうなほど強く脈打っていて、思わず胸に手を当てた。

それから呼吸が聞こえないよう細心の注意を払いながら整え、女の子を観察する。

髪の色も目の色も同じ。顔立ちはリタチスタさんと違ってツリ目で、本当に色しか似ていない。

こちらへ振り返ったのも、ただ体勢を変えただけなのか、窓際から動く気配はない。

私は止めていた足を再び踏み出す。

徐々に女の子との距離が近くなるにつれ、緊張が高まる。だからだろうか、注意が疎《おろそ》かになった足元で、散乱した小さな積み木をつま先でコツン、と転がしてしまった。

「……っ！」

何とか声を出すまいと、両手で自分の口を押さえる。

ピタリと鼻歌が止む。

それから数秒後、女の子は口を開いた。

「何」

幼い見た目とは裏腹に、はっきり芯の通った声だった。

見えていないとはいえ、見開かれた目が私の姿を射抜く。

物音はしたのにこの部屋には自分以外誰もいないと思っているようで、女の子は表情も変えず、不思議そうに首だけを傾げた。

それでも音の発生源である私の方へゆっくりと歩き出して来たので、咄嗟《とっさ》に後ろへ後ずさったせいで、さらに積み木を踏んでしまう。

その音に女の子は、今度こそ確信を持って反応した。

「誰。誰かいるのね。どうやってここへ来たの」

感情を読み取れない無表情な顔は目が大きく見開かれ、赤い角が熱を持ったように、ぼんやり光を帯びる。

「何故見えないの。誰。誰。どうやってここへ来たの」

部屋の中を把握しているのだろう、床に散乱する物一つにもつまずくことなく、こちらへ迫り、あと一歩のところで、私は咄嗟に靴を脱いで壁に投げつけた。

すると今度は靴のぶつかった音に反応して、そちらへ首を回す。

「どこ」

こちらから気がそれた瞬間に、手に持ったままの黒鉱を押し付けるように、女の子の腕を握った。

「あぅ……」

黒鉱は無事役目を果たし、女の子の魔力を奪ったのだろう、見開いていた目は閉じ、力なくその場へうつ伏せに倒れ込む。

「も、もしもし……？」

声をかけてみると、シン、とまるで死んでいるようだが静かな呼吸音が聞こえ、上下する背中を見て、ホッと胸を撫《な》で下ろした。

投げた靴を回収して履きなおすと、私は駆け足でリタチスタさんのところへ戻った。

「カエデ！　上手くいったみたいだね、廊下もこの通り元通りだ！」

リタチスタさんは嬉《うれ》しそうに、両側へ永遠に広がっていたはずの廊下を指さした。

外観の広さの通り、普通の構造に戻っていた。

「は、はい、上手く出来ました」

未だ胸が緊張でドキドキしていたが、これで後は問題なくカルデノたちを助け出し、どこかにいるであろうバロウを探し出してから、魔族の角を回収してしまえば終わりだ、とリタチスタさんは明るく語った。

「さっ、まずはカルデノたちが閉じ込められた地下室だ」

「はい！」

やっとあの気味の悪い空間からカルデノたちを出してあげられるんだと思うと、心が急《せ》いて駆け足になる。

「急ぎましょうリタチスタさん！」

「ああ、分かってるよ」

自分が焦っているせいか、のんびりして見えてしまうリタチスタさんを急かし、地下室の扉の前に戻って来た。そしてノックもなく勢いよく扉を開け放ち、声を張り上げる。

「カルデノ！　カスミ！　もうここから出られるよ！」

リタチスタさんが後ろから明かりで照らしてくれる。暗がりへ沈む階段の先からは、なんの返答もない。

「カルデノ？　カスミ？」

「聞こえないことないよね？」

リタチスタさんも不思議そうにしていて、私の横を通ってスタスタと地下へ向かう階段を下り始めた。

置いていかれまいと後を追う。

たどり着いた地下室には、誰もいなかった。そして、見覚えのない扉が階段のある壁と別に三方向にそれぞれ一つずつ。

一つは厨房《ちゅうぼう》へ続く扉だと分かるが、残る二つに見覚えがなくて混乱する。

「私が見た時にはなかった扉です。元からあったのに見えてなかったってことですよね？」

そうだ、とリタチスタさんは頷《うなず》いた。

「もしかして、この扉からどこかへ行ってしまったのかな」

「……扉のどちらか、ちょっと開けてみてもいいですか？」

一体どこへ行ったというのか。厨房《ちゅうぼう》近くの地下室なのだから食料の貯蔵に使っているだけの空間で、この不明な扉もただの間仕切り程度にしか思えない。

ここから出られるようになったのだとカルデノたちがいち早く気が付き、すでに地下室を出て入れ違いになっている可能性も、ないとは言えないだろう。

だから不明な扉を開けて、中にカルデノたちがいないことを確かめたかった。

「いいよ、開けてみようか」

「はい」

許しが出たということは、何かの魔法による危険はないという意味だろう。私は厨房側とは正反対の扉を開けた。

ひょいと中を覗《のぞ》いてみるが、ほんの二畳ほどの狭い部屋に、人が一人通れるくらいの通路を空けて、天井まで届く棚があるだけ。棚の中には一つも物が置かれておらず、見通しが良かった。

「ここは、多分何か温度や湿度とかの管理が必要な食品でも置いてたのかな」

「かもしれませんね。カルデノたちもいないし、関係ないかな」

では次、と残る一つの扉を開けてみた。

「は、えっ」

開けてすぐ、私は一歩後退した。

扉の向こうは、あまりに生活感がありすぎた。ただの地下室なのにだ。

あの女の子がいた部屋のように窓があって、物が少し散らかっていて、明かりが沢山置いてあって、ベッドもクローゼットも椅子もテーブルも、ソーサーの上に湯気が立ちのぼるカップまである。

あまりにも濃く、誰かの生活の気配がした。

「リ、リタチスタさん……、ここ、なんでしょうか」

チラリとリタチスタさんの様子を窺《うかが》うと、リタチスタさんも驚いたようで、部屋の中を凝視して動きが止まっていた。

「ねえカエデ」

「え、はい」

部屋の中から目を離さないまま、問われた。

「屋敷の娘、魔力を奪えたんだよね、本当に」

「そのはず……です。だって確かに黒鉱で触ったし、その後も気絶してしまったし」

何故今、その確認が必要になったのだろう。この部屋と関係があるのだろうか。

不安に心が支配される。

「この部屋に入っちゃだめだ。一旦上に戻るよ」

リタチスタさんは慌《あわ》てたように来た道を戻ろうとするが、私はリタチスタさんの袖をつかんで引き留める。

「で、でもカルデノたちは？」

「別の部屋にいるよ。ここじゃなくて、多分屋敷の娘がいる部屋の、隣」

私は首を傾げた。

「やっぱりカルデノたちはもう地下室から出てて、私たちとは入れ違いになってしまったんでしょうか？」

「いいや。多分違うね。カルデノたちはその扉から、今見えてた部屋の中へ入ってしまったんだろうさ。あれ、この部屋はなんだろうってな具合にね」

けどそれが問題なんだ、とリタチスタさんは言う。

「簡単に言えば私が閉じ込められた部屋はゴーレム、……侵入者撃退装置みたいなのが設置されてて、私はその撃退装置と戦ってたわけだ」

言いながらリタチスタさんは、地下室の中心を指さす。

「これが部屋を開ける鍵と、撃退装置停止の鍵になってたんだけど」

カルデノが壊した黒い人形があった。

「カルデノたちが別の部屋で別の撃退装置相手に奮闘中かもしれない。だから急ぐよ」

サーッと自分の中に血の気の引く音を聞いた気がして、掴《つか》んでいたリタチスタさんの袖から手を離す。引き留めている時間なんてなかった。

「ごめんなさい、急ぎましょう！」

私とリタチスタさんは走り出した。

階段を駆け上がり、地下室の外の廊下を途中で曲がる。そして別の通路の途中にある階段も、リタチスタさんを先頭に駆け上がると、二つの扉が並んでいる。

「リタチスタさんそっちです！　右の扉！」

二つ並ぶ扉の左側が、女の子のいる部屋。

リタチスタさんは私の声を聞いて、すぐさま右の扉の取っ手をガチャガチャと動かしたが、開かない。

「カルデノ！　カスミ！　いるの⁉」

呼びかけるが、部屋の中からは物音一つ聞こえてこない。

「退くんだカエデ！」

肩を押されて扉から遠ざけられると、リタチスタさんは空の手で何かを振り下ろすような動きをみせた。それからズン、と重い音と共に扉が軋《きし》む音がしたけれど、開くまでには至らない。

「姉さま」

びくりと肩が跳ねた。

私はその声の方へバッと首を回した。

隣の扉の前に、先ほど魔力を奪ったはずの女の子が立っていた。

なんで起きてるの。そう聞こうとした口を、リタチスタさんが後ろから手のひら全体で押さえつけてきた。

リタチスタさんも大きく目を見開いていた。

「姉さま。帰っていらしたのね。声をかけて下さればお茶の一つもお出ししたのに」

声に抑揚《よくよう》がない。ただ見開かれた目が、リタチスタさんを貫かんばかりに凝視していた。

「…………久しぶり」

「ええ。本当に。もう二十年か三十年ですもの。本当にお久しぶりです」

赤い角がまた、熱を持ったようにぼんやりと光を帯びている。

「もうそんなにもなるの？　どおりで屋敷も様変わりしてるはずだ」

どうやらリタチスタさんはこの女の子の姉のフリをするらしい。私が口をふさがれたのは、気取られないためだろう。

「ところで先ほど何かが私の部屋へ来ていました。ご存じありませんか」

「いや何も。それより、この部屋の扉はどうして開かないんだ？　用事があるのにビクともしない」

女の子は聞いて、ようやくリタチスタさんを凝視する視線を扉に移した。

「何故。あら。何故でしょう。鍵が施されたままなのでしょうか」

抑揚のない声と人形のように変わらない表情。

目の前で動いているはずなのに、本当に生きているのだろうか、と気持ちの悪い疑問を持った。

「じゃあこの部屋の鍵がどこにあるか分かるかな？」

「その部屋の鍵なら。鍵なら。ええと鍵は……。どこだったかしら。私の部屋だったような気もしますけれど。ご存じありませんか」

「知らないよ、私はずっと屋敷にいなかったんだから」

「はい。ずっとずっと待ってました」

待ってた？　リタチスタさんを？　それとも本当の姉を？　とにかくそんな言葉にリタチスタさんは眉一つ動かすことはなかった。

「姉さまは自由にどこへでも行かれてしまう。だからずっと待ってました。沢山お話を聞かせて欲しくて。私のお話を聞いて欲しくて」

「へえ。それは私に人形を仕向けてまですることだったのか？」

「はい」

「あ、そう……」

リタチスタさんは私の口をふさぐ手をおろし、唇の動きだけで鍵を探せ、と伝えてきた。

私はコクコクと数回頷《うなず》いてから、ゆっくりと女の子の前を横切り、部屋へ侵入した。

部屋の中は相変わらず歩きづらいけれど、ただ足元だけに注意して、部屋の中心まで進んだ。

それから鍵を探すため中を見渡す。

鍵、と言われはしたものの、壁に飾ってあるわけではない。

引き出しになっている場所を覗《のぞ》いてみたり、棚があれば開けてもみた。

ない。どこにもない。そりゃあ鍵なんて小さな物だし、乱雑にどこかへしまい込まれているなら見つけるのが困難だろうけれども、それでも、ここで見つけられませんでした、と終わるわけにはいかなかった。

「…………」

もう一度部屋を見渡す。

ふと、閉め切ったカーテンが少しだけ膨《ふく》らんでいるのに気が付いた。そしてカーテンの裾からチラッと見えた、小さくて黒い、どこかで見たような……。

形は分からないけれど、何かかくしてあると睨《にら》み、そちらへ近づいて静かにカーテンを引く。

「あ」

人形があった。人の形をしてはいるけれど丸っこい手足で、毛髪や顔がない、炭のように黒い人形。それが窓枠に二体、仲良く並べられていた。

鍵と言われて文字通り、普通の鍵を探していたが、リタチスタさんの言う鍵は、これではないだろうか。

カルデノが踏み壊した地下室の人形のことも、鍵と言っていた。

床に散乱していた本の中から最も分厚い一冊を拾い上げ、ごくりと生唾《なまつば》を飲み込む。

人の形をした物を壊すのは心が痛む、というより得体の知れない恐怖に襲われる。それでも私は本を振り上げ、人形二体にまとめて振り下ろした。

バコンッと派手な音がして、壊れた人形が床に落ちる。

「あああ！」

本を手放すと同時に、部屋の外から女の子の悲鳴が響いた。

急いで部屋を出てみると、女の子が床に膝《ひざ》を着き、頭を抱えて小さくうずくまって震えていた。

「姉さま、返して私の！」

女の子は叫んだ。頭にあの立派な赤い角がない。女の子の目の前に立つリタチスタさんの両手には血の滴《したた》る角が二本、握られていた。

「だからこれは違う、君のじゃないだろ」

「いいえ。いいえ違わない。私の角を返して姉さま。ひどい。痛い。どうしてこんなことをするの」

「いいかい、三度目だ。これは、君のじゃない」

リタチスタさんは冷たい目で女の子を見下ろしていた。

魔族は一度折れた角を二度と元に戻すことは出来ない。そう理解しているはずなのに、どうしてリタチスタさんは女の子の角を折ったのか。

うずくまる女の子の頭から血が滴《したた》って、床にぽたぽたと血溜まりを作っていく。

「さらに言うなら、私は君の姉でもない」

「うそ！　うそを言わないで！　姉さまなの！　あなたは私の姉さまなのです！」

ビリビリと屋敷全体に響くほどに張り上げられた声には、悲痛と苦痛が込められていた。

「ハハ」

それがまるで笑いごとみたいに、口先だけでリタチスタさんは笑った。

「君に姉なんているの？」

ゴンゴンと音がして、先ほどまで開かなかった部屋の扉が、内側から何かがぶつかっているように揺れる。

「カルデノ⁉」

私の声に女の子は反応しなかった。

扉が数回揺れ、最後には扉を破りながらカルデノが転げ出て来た。

「カルデノ！」

「良かった無事だったか！」

ホッと胸を撫《な》で下ろしたのも束の間、今度はバタバタと激しい足音が階段を駆け上ってきて、バロウがバッと姿を現した。どこかで落としたのか、リタチスタさんに渡された帽子はかぶっていない。

「皆無事か⁉」

「ああ問題ないよ。それより今はこっちだ」

と、リタチスタさんはうずくまる女の子を指さす。バロウは少しだけ驚いたように表情を固くする。

「魔族か……。ってオイお前その手のそれ！　角！」

「ああ、これ？」

リタチスタさんは両手に持った赤い角を掲げた。

「この子から取れちゃった」

「と、取れちゃったじゃ、ないだろ……」

どうやら女の子の下に血溜まりがある理由も、頭を押さえている理由も察したらしい。バロウは眩暈《めまい》でもしたように青い顔色で一歩フラリと後ずさったが、大きく一呼吸おいて気を取り直す。

「それがリタチスタの言ってた魔族の角、なのか？　目的が達成出来たなら、もうこの屋敷からは逃げよう」

「いやこれじゃない」

「はあ⁉」

驚いたのはバロウだけではない。私とカルデノも驚いた。

だって、それならリタチスタさんは意味もなく女の子の角をもいだってことだ。そんな残忍とも言える行為を進んで行った理由は何か。

「あなたは姉さまですよね。そうでしょう」

ずっとうずくまっていた女の子がうつむいたまま立ち上がる。頭を抱えていた手をダラリと力なくおろすと、指先に付着した血が流れ落ちた。

雰囲気が変わったのを肌で感じる。寒い、怖いと無意識に体が硬くなる。

カルデノに手を引かれ、部屋と階段の間にあるさほど広くない空間で、共にリタチスタさんの後ろ側へ下がった。

私たちを庇《かば》うようにバロウがリタチスタさんの隣に並び立った瞬間、女の子が消えた。

と同時に、建物が砕ける轟音《ごう》が鳴り響いた。

「リタチスタ！」

バロウがこちらを、正確には私たちの後ろへ目を向けるように勢いよく振り返った。

倣《なら》うように振り返ると、背後にあったはずの壁は大破し、屋敷の庭が丸見えになっていて、芝生の上に倒れたリタチスタさんが片膝《ひざ》をついて起き上がろうとしているところだった。

バロウは大破した壁の大穴から飛び降り、カルデノも私を抱えて同じように飛び降りた。

瓦礫《がれき》を乗り越えて庭へ出ると、リタチスタさんは女の子を片腕で抱きしめるようにして密着していて、バロウはそれをただ呆然《ぼうぜん》と眺めるしか出来ないようだった。

私には状況が理解出来ていない。一体何があったのかと問うより先に、リタチスタさんのもう一方の腕が、女の子の腹部から何かを引き抜くように動いた。するとすぐ、女の子が地面に倒れた。

「角がないんじゃ、その体も保っていられないだろ」

リタチスタさんの手には、女の子の頭部に生えていた血の付着した赤い角が握られている。

「いやよ。消えたくない。助けて」

ゴロリと転がって息も絶え絶えの女の子は仰向けに寝返り、左手が血の滲《にじ》む腹部に当てられていた。

すがるように伸ばされた手から遠ざかるように、リタチスタさんは一歩後ろへ下がった。

「助けてもらえる存在じゃないんだよ君は」

「どうして。なんで。私は姉さまの妹なのに」

声もまたすがるようだった。それを聞いて、リタチスタさんは手に持ったままの赤い角に目を落とす。

「同じ見た目で同じ記憶を持ち合わせていれば同一人物、ってわけじゃないんだ」

「…………」

女の子は伸ばしていた手をポトン、と地面に落とした。

「なら、私は誰ですか」

「さてね」

「そう。姉さまにも分からないのですね」

何もかも諦《あきら》めたように、脱力しきった声色。

「でも……」

女の子は腹部に手を当てたままうずくまるような動きでゆっくりと起き上がり、フラフラと立ち上がる。

「……？」

「それでもこの数十年、ずっと私は……姉さまを待っていたのに」

「何故？」

「私はただ姉さまに、寂しいと言いたかっただけなのです」

うるりと涙に滲《にじ》んだ目。

「……っ」

突然リタチスタさんは、手慣れた滑らかな動きで、表情をかくすように帽子のツバを深く引っ張った。

と、次の瞬間に目にも止まらぬスピードで女の子の手がリタチスタさんの腹部を貫いていた。

「は……？」

リタチスタさんが心底不思議そうに見下ろす先には、密着した女の子。

私はヒッ、と悲鳴を漏らした。

「でも言いません。私は今何者でもないそうなので」

「……っぐぅ」

感情のない表情のまま口だけで微笑んでいる女の子。対象的に、苦痛に顔をゆがませたリタチスタさんの手からは力が抜け、つられて帽子がポトリと地面に落ちた。

「リタチスタ！」

バロウが一歩大股で踏み出して大きく手を振るうと、女の子だけが弾き飛ばされて、地面から氷の柱が出現した。リタチスタさんは氷の柱に掴《つか》まり、支えにしながら、ズルズルと地面に膝《ひざ》を着いた。

「リタチスタしっかりしろ！　オイ！　リタチ……」

バロウが駆け寄って肩を支えたのを見て、遠のいていた意識が戻り、ハッと我に返る。

私たちも同じように、バロウによって横たえられたリタチスタさんの近くへ駆け寄り、バロウの様子がおかしいのに気が付く。

「リタチスタ、これ……」

そう言って、わずかに震える手で、バロウはリタチスタさんの髪をかき分けた。

丁度耳の上の辺りだろうか。そこに、何かがあった。

折れて短くなった角のような、何か。

かき分けていた手が離れると、髪は角のようなものを覆いかくし、ほとんど見えなくなった。

「お前、これ……」

血の気の失せた青い顔をしている。

リタチスタさんはそんなバロウには構わず私に目を向けて、咳込んだ。

「カエデ、ポーション、……ポーションくれないか」

「は、はい」

私は指示されるまま、すぐにポーションを取り出した。

見えた角のようなものが本物だったなら、リタチスタさんは魔族なのだろうか。

他にも角のある種族はいるし、今は魔族領にいるから錯覚しているだけ。そう思うけれど、同時に女の子に姉さまと呼ばれていたこともまた事実。

リタチスタさん自身は実際の姉ではないと言うが、もし実姉だと言われたら、納得する部分もある。

例えば女の子と同じ髪と目の色だったり、やけにこの屋敷や仕掛けに詳しいことだったり。

「すま、ない……バロウ」

呼吸の合間合間にしか出て来ない弱々しい声が、バロウへ向けられる。

「謝罪とか後にしてくれよ！　ええと、喋《しゃべ》ったりするな！　何でもいいから、とにかく安静にしててくれ！」

私はポーションの中身を次々にリタチスタさんの腹部へひっくり返した。けれど全然足りない。

「そうじゃ、なくて……、あれ」

フルフルと震えて先の定まらない指先で、リタチスタさんは何かを指す。

「え？」

指さした先はバロウの背後だった。

ゴムボールのように飛ばされたはずの女の子が少し離れた場所に立っていて、こちらを見ていた。

その足は震え、肩で呼吸し、立ってるのがやっとなのが、私にも分かるほどだった。

「手間をかけさせるけど、あれ、生き物じゃないから、……壊してくれないか」

「なっ、はあ⁉」

あの見た目で生き物ではないと言われても、信じられるわけがなかった。

言葉を発し、血が流れ、感情の発露《はつろ》さえあった。それが生き物でないなら、一体何だというのか。

「そんな説明で殺せるわけないだろ」

バロウは静かな声ながら、怒りをあらわにした。

「ハハハ、あんな精巧な作りしてちゃあ勘違いするのも分かるよ。けど、ほら」

弱々しい声でリタチスタさんは、先ほど女の子に突き刺した角を転がしてバロウに見せた。

「見なよ。この角はあの子に生えてたわけじゃない」

もぎ取ったとばかり思っていた角の根元は、刃物で切り取ったように綺麗な断面をしていた。

「あの子の認識では角がもがれた、そう思ったから血が出たけど、実際はそんな傷はない。生き物じゃないから、血なんて本当は流れてないんだ」

そんな説明をされても私たちにはまだ不十分で、バロウは女の子の方へ振り返った。

「なら、生きてないならあれは、何なんだ」

「そうだね……、肉で作ったゴーレムみたいなものかな」

魔物の臓物を寄せ集め、混ぜ合わせ、魔力を注ぎ込み、こね回して作られたのが、あの女の子だとリタチスタさんは言った。

「ゴーレムだって？」

「そう」

荒い呼吸が落ち着き、体に力が入るようになると、次々とポーションを使う私の手をリタチスタさんが止める。

「本当にすまない。……あの子の角を取ったからって、完全に油断してたんだ。もう反撃する力なんてあるはずないって」

大量のポーションをもういくつ使いきっただろうか、地面に寝そべっていた上体を起こし、つらそうに表情を歪《ゆが》めた。傷の見た目がほとんど癒えても、痛みは残り、血を失った影響も大きいはず。

「角？　角がなんだっていうんだよ」

バロウが聞き返すと、反応するように女の子が震える足で一歩こちらへ踏み出した。

以降の動きを警戒してバロウが身構えるが、ガクンと膝《ひざ》から崩《くず》れ落ちて、地面にへたり込んだ。

「ゴーレムを動かしておくための魔力源さ」

「じゃあ、壊さなくたって放っとけばあいつ……」

リタチスタさんの言葉通りに受け取れば、女の子は、リタチスタさんに取られて角がなくなったので動けなくなる。今も憔悴《しょうすい》して見えるのは、燃料となる魔力がなくなっていくから。

それならバロウにわざわざ頼まずとも、動かなくなるのは時間の問題だ。

「姉さま」

ポソリと呟《つぶや》かれた言葉は、確かにそう言った。

「………」

痛みはあるはずだ。けれどリタチスタさんはうめきながらも地面に膝をつき、ノロノロと立ち上がった。

「おい動くな、今は体を休めろ。傷だって今ふさがったばかりなのに」

バロウがふらつくリタチスタさんを支えた。

「やっぱ、さっきの取り消す。私が壊さなきゃならない」

バロウの手を振り払い、リタチスタさんはおぼつかない足取りで、女の子の方へ歩いてゆく。

バロウはそれを止めるべきか否か、決めかねていて、中途半端に手を伸ばした状態で固まってしまっていた。

リタチスタさんは、膝《ひざ》をついてうつむいた女の子の目の前で立ち止まった。

「姉さま。姉さまがいつかここへ帰って来ると信じていました。そして帰って来たなら言おう言おうと思っていたことがあります」

「そう、なんて？」

「おかえりなさい姉さま。ずっと待っていました。また会いたかったです。どうか健やかに」

「そう。…………そうか。もう魔力が尽きて疲れただろう、ゆっくり休むといい。伝言ご苦労」

リタチスタさんは女の子の頭に手を触れた。

女の子は触れられた箇所からグズグズと黒いヘドロのように地面に崩れ、辺りにはひど

い腐敗臭が漂った。

そこに女の子の姿はすでになく、黒い液体と腐った肉だけが残っていた。

「リ、リタチスタさん、……今のって」

恐る恐る問う。

あれは生き物ではない、とリタチスタさんは言っていた。

私の質問にはお構いなしにバロウが口を開く。

「リタチスタお前、魔族なのか」

「ああ、これ見たんだったね」

髪をかき分け、根元に近い位置で折れた角を見せる。

「魔族じゃなくたって、他に角を持つ種族かもしれないじゃないか」

どうして選択肢が魔族一択なの、と困ったように眉根を寄せる。

しかしバロウは、苦々しい表情で首を横に数度振った。

「ここに取りに来た魔族の角って、いつか折った自分の角なんじゃないのか?」

「……ばれた?」

「そりゃばれるだろ」

二人はいつもの軽口を取り戻して会話を続ける。

「この屋敷にも今の魔族にも詳しすぎるし、姉さまなんて呼ばれてるし、その角の根元を見せられて、何も考えないわけないだろ」

「そうだね。確かにそうだけど、あの子に関してはここに来る前に話を作っておいたじゃないか。姉だと思えばいいって取り入ったんだって」

「姉のように思うことと、姉と思い込むことは別だろ」

言うように、もし仮にリタチスタさんが女の子の本当の姉ではなく、自分を姉だと思えばいいと言っていたとしても、それは、女の子がリタチスタさんを姉ではないと分かった上でしか成り立たない。

けれど女の子は姉さまと口にし、リタチスタさんを姉であると完全に信じきっていた。

そこがおかしいとバロウは言いたかったんだろう。

バロウは地面の黒い腐肉に目を落とした。

「ええと、本当に妹なんだろ？　名前聞いてもいいか？」

「ルルリエ」

「ルルリエか」

可愛らしい名前だ、とバロウが伝えると、リタチスタさんはその背中を、目いっぱい振り上げた手のひらでパン、と叩《たた》いた。

「いってえ！」

「勘違いしないで欲しいんだけど、この肉はルルリエが作ったただのゴーレムだよ。本人なわけないんだから、墓でも見るような目はやめてくれないかな」

けれどその言葉とは裏腹に一瞬だけ腐肉を見つめ、それからリタチスタさんはゆっくりと屋敷の方へ歩き出した。

「あ、あの、どこに？」

「屋敷の中に、私の角を回収しにだよ」

私に振り返りながら答えた。

「あ、そうでした、角……」

本当なら、ここには最初から目当ての魔族の角があって、それだけを回収して終わるはずだったのだ。それが、ここまで長引くだなんて想像すらしていなかった。

まだふらつくリタチスタさんの肩を、バロウが横から支える。

「なんだ。意外といつも通りなんだね」

「いつも通り？　なんのことだよ」

「だって私は、バロウの大嫌いな魔族じゃないか」

少しだけバロウの歩調が乱れた。ちょっと小石につまずいたのかな、程度に。

私とカルデノは、そんな二人の後ろに、ただついて歩くしかなかった。

「まあ、今も驚きはしてる。だって、いきなりお前が魔族だって言われたって、実感湧かないし」

「ハハ。なら明日には実感が湧いて来て、急に私を殺したくなったりするかもね」

「馬鹿なこと言うなよ」

少しだけ真剣な声色のバロウに、リタチスタさんはピタリと口を閉じた。

「驚いたよ、当然驚いた。でもだからって、昔から知ってる奴を急に殺したくなるわけないだろ」

バロウを見上げたリタチスタさんは、心底楽しそうに笑い声を上げ、ガクッと脱力した。急に体重を預けられたバロウは慌《あわ》てて踏ん張ったが支えきれず、もろとも地面に座り込んだ。

「重いなあ、しっかり歩けよ！」

カルデノがやれやれと言いたげに二人を立たせるも、リタチスタさんはまだ笑いが止まらない様子で、痛むであろう腹に手を当てていた。

「いやあー！　安心した！」

ようやく笑い声が途切れて、リタチスタさんは少し大きな声で何かを発散させるかのように声を張り上げた。

「安心？　俺に寝首をかかれない安心か？」

「うん」

バロウは冗談のつもりだったのだろう、けれど、リタチスタさんの返答は妙に素直だった。

「本当だよ。本当に安心した」

冗談や軽口ではなかった。心の底から安堵したからこそこぼれ落ちた、本音。

バロウは少しまごついて、まだフラフラと足元のおぼつかないリタチスタさんの肩を支えるために横に付いた。

「なあ」

「うん？」

少し後ろからついて歩く私たちにはお構いなしの声量だった。

その会話が耳に入らないようにするのも難しいし、聞かれて困ることでもなかろうと、耳を澄ませる。

「宿に戻ったら、少し話をしていいか？」

「話ね。何が聞きたい？　今ここで話したっていいけれど」

「いや、さすがに今のお前の状態だと、歩きながら話すのだって楽じゃないだろ」

「ああなるほどね。お気遣いどうも」

本当につらそうで、呼吸の合間には痛みに絶えるうめき声まで混じる始末。きっとバロウの判断は正しいのだろう。

リタチスタさんが案内するままに、屋敷の一室へたどり着く。そこは確かにリタチスタさんの持つ明かりが途絶えた場所で、バロウが一瞬行方不明になった部屋だった。

扉には見覚えのある穴。

「結局、この部屋の中で何があったんですか？」

すると扉を開けるより先に、リタチスタさんが答えてくれた。

「閉じ込められて、中でルルリエの作った人形に襲われたんだ。バロウが入って来たんだけど、すぐに床に開けられた穴に落っこちてね」

「はあ、穴ですか」

扉が開くと、入口のすぐ近くに、人が一人簡単に落っこちてしまいそうな大きな穴があいていた。

バロウは若干恥ずかしそうだ。

「私や魔族の魔力が対象になってるのかと思って、カエデたちには帽子を脱いでもらったけど、杞憂《きゆう》でよかったよ」

だから帽子を脱ぐよう指示されたのかと納得する。

部屋の中は入口付近の穴の他、壊れた家具や、扉と同じく剣でつけられたような破損箇所が随所に見られた。

けれど今は、リタチスタさんが襲われていた人形の姿も、戦う騒音もなく、静かな部屋だった。

中へ入ると、ほんのり空気が冷たい。

部屋の隅に、無傷で残っている白いクローゼットがあった。リタチスタさんはバロウに借りていた肩から離れ、そのクローゼットを開けた。

何も入っていないように見えたその奥から、リタチスタさんはむき出しの二本の角を取り出し、見せてくれた。

「これが、お目当ての魔族の角。ま、私の角だね」

長さはリタチスタさんの手よりも大きいくらい。まっすぐで、折れた根元から先端まで、まるでガラスに覆われたような、ツルリと美しい光沢がある。

色は夜空のように深く黒く、どういうわけか光の当たり具合で、緑や青などに光ることもあり、広大な宇宙を思わせるように美しくきらめく。

「わあ、綺麗……」

思わず吐息が漏れた。

カスミもリタチスタさんの角をマジマジと眺め、こういったものには興味がないとばかり思っていたカルデノでさえ、目を離せない様子。

ただ、バロウは違った。

「リタチスタ、これ、お前の？」

「そうだよ」

そう言って両手に角を持って、以前生えていたであろう位置にピッタリ合わせるようにあてがった。

「こんな風に生えてたわけだよ」

リタチスタさん本人は少しふざけただけのつもりだったのだろうが、バロウに目を向けて、ピタリと動きを止めた。

バロウがどうしたのだろうと見ると、真っ青な顔でリタチスタさんを凝視していて、まるで両者の時間が止まっているように感じられた。

「あ、あの……?」

リタチスタさんだけは私の声に反応したように両手を下げたが、バロウは未だに青い顔をして、疲れたようにこめかみに手を添えて、長く息を吐いた。

「どうしたんだい、急に」

「いや、悪い……。その角が魔王のものと、よく似てて……」

目を細めて顔をしかめた。

魔王討伐の任務がバロウの心にどれほどの傷をつけたのかは分からないけれど、それでも真っ青な顔を見て、さすがにリタチスタさんもからかう言葉を失った。

「そう。ならあまり見たいものではないね」

そう言うと、ボロボロになったベッドのシーツをちぎって、その布を角に巻き付けて、腰のカバンにしまった。

各々がしまい込んでいた帽子を出してかぶり、私たちは宿へ戻ることにした。

暗い帰り道の中、全員が無言だった。

道中が無言であったため、今日はこのまま皆で寝てしまうのかと思っていたが、宿に着くと部屋に入る前の廊下で、バロウが口を開いた。

「なあリタチスタ。さっきの屋敷での話、詳しく聞いていいか。魔族だってこともその、まだすんなり飲み込めてないんだ」

「……そうだね。屋敷のこともだけど、それより、分かりやすく、少し私自身のことでも話そうか」

リタチスタさんとバロウの部屋へ集まることとなり、出発前と同じようにベッドと椅子に分かれて座った。

リタチスタさんは少し悩んでから、最初の言葉を口にする。

「何年前かもう忘れたけど、まだ魔族領に住んでいた時のことだ」

第三章　リタチスタの人生

何年前のことだろう。まだ子供と言うに相応しい歳の頃、リタチスタは同年代の中においても、人一倍好奇心が強く、それを自覚していた。

都会から見れば田舎であるクレイメイに引っ越すことになったのは、血の繋《つな》がった妹のルルリエの体が虚弱なことが関係していた。

静かで落ち着いた土地であれば、あるいは魔族領故の、他の土地よりも溜まりやすい魔力の淀《よど》みが少なければ、ルルリエの虚弱の改善になるのではと、リタチスタとルルリエの両親が決めた引っ越しだった。

面白い物も友人と呼べる存在もそろっていた都会に比べてしまうと、新たな生活の始まりなどリタチスタは嬉《うれ》しくも何ともなかったが、それでも初めて目にする街にウキウキと心躍ったのは、持ち前の好奇心からだった。

街を隅から隅まで歩き回るのが早くも日課になり、最初こそ一緒に外へ行こうとルルリエを誘っていたが、虚弱故にすぐ病にかかるからと両親に止められ、これまたすぐ一人で遊び回るようになった。

両親はルルリエに付きっきりで、関心の大半がそちらに向いていたから、リタチスタの育ち方も放任一歩手前の状態だった。

決まって毎日言われることといえば、今日の学習分は終えたのか、とか、今日は一日どんな風に過ごしたか、とか。

家族らしい会話とも言えたけれど、逆に言えば、それ以外の関わりが薄かった。

自分に関心を向けられず不満に思ったり、ルルリエに嫉妬《しっと》したりする性格ではなく、むしろ、ルルリエの方が自由なリタチスタに嫉妬していたくらいだ。

そんな風に日々を過ごすうちに、とうとうリタチスタは街の散索にも飽き、近くの山の探策にまで乗り出した。

そんなある日、山中で、魔族領ではとても珍しいことに、他種族と出くわした。

恐らく魔力溜まりや、あるいは魔族領で採取出来る珍しいものが目当てで、人目を忍んでいたのだろう。

リタチスタの記憶では、男女数名が大きな帽子をかぶって種族をごまかしていた。とはいえ、同じ魔族でないのは一目で分かった。

その一行は、魔族であるリタチスタを目の前にして、大袈裟《おおげさ》に怯《おび》えてみせた。

そんな態度なんて知ったことかと、リタチスタは声をかけた。

「こんにちは！」

大きな声で、元気よく笑顔で。

子供であったが故の警戒心のなさか、あるいは魔族以外は、弱くて簡単に打ち負かすことができる存在だと思っていたのか。

結果として、その元気な挨拶《あいさつ》が功を奏した。

こんにちは、とぎこちない笑顔と挨拶が返ってきた。

リタチスタが他種族と初めて会話した瞬間だった。

君は魔族なんだよね？　と怯えながら質問されると、リタチスタはこれまた元気よく頷《うなず》いた。

「君たちはどこから来たの？　この辺に珍しいものがあるから取りに来てるの？」

一行の困惑はしばらく続いたが、リタチスタが友好的なので、次第に会話もスムーズに進むようになり、誰かが言った。

「魔族にも君みたいな子がいるとは知らなかったよ」

リタチスタは首を傾げ、何故そんなことを言われたのか見当も付かなかった。

一行とはそのあと少し話しただけで別れてしまい、これといった関係も生まれなかったが、ただこの出来事は、他種族への興味を持つきっかけとなった。

数日間、リタチスタは言われた言葉について考えた。

魔族にも君のような子がいるとは知らなかったよ。という言葉。

魔族にも、とは？　自分のような、とは？　知らなかった、とは？

考えに考えて、リタチスタはふと気が付いた。自分は魔族のことしか知らないのだと。

魔族領のように一切の他種族に対して排他的な環境は珍しく、リタチスタもそう、魔族の価値観しか知らなかった。

例えば、様々な種族が生活する国で育ったならば、あの種族はこういう価値観を持ち生活しているとか、特定のこういった言葉には気を付けなければとか、当たり前に身についていく常識や知識があるものだが、魔族は違う。

魔族本位な知識や常識が幅を利かせていた。

本位だなんて言ってしまえば他種族だって、魔族に対する思い込みや偏見は多数ある。

だからこその、山中でのあの一行の反応や言葉だった。

会話した時、同じ種族でなくともまともに会話が出来るんだ、と妙に感心したのはリタチスタも一行も同じだったが、それに疑問を持ったのはリタチスタだけだった。

どうして他種族のことを知りもしないのに、会話が出来ないと思い込んでいたのか。

向こうは何故、怯《おび》えていたのか。

その逆に何故、自分は何も考えずに話しかけることが出来たのか。

毎日、毎日、考えた。

ある時突然、しっくり来る答えを心のどこかで見つけた。

魔族以外は弱くて、話が通じない動物のように思っていたんだと。

向こうが怯えていたのも弱いからで、逆にリタチスタが何も考えずに笑って話しかけることが出来たのは、魔族である自分が優位だと、いつの間にか信じきっていたから。

簡単に言えば、魔族でないあんな連中に一体何が出来るものかと、無意識に見下していたのだ。

魔族以外を見下していたことに気づいたからといって、それでリタチスタは自分の思考や思想を見直したり反省をしたわけじゃない。

むしろ全く知らない文化や思想を、もっと自らの目で確かめたくて、魔族領の外を見たくて、家を出ることに決めた。

決めたといっても、家族に伝えたところで簡単に頷《うなず》くわけもないだろう、とリタチスタは考えた。

絶対に反対されず、なおかつ自分の思い通りにことを運ぶためには、何も言わずに出て行くのがいい。

せめてルルリエにだけは、家を出て行くと教えておけばいいだろう。行き先だって、実際に出てみてから決めればいい。

いざルルリエにそれを伝えると、驚きのあまり、ベッドに横たわっていた体を慌《あわ》てて起こした。

どうも数日前から熱が下がらず、横になって体力の消耗を抑えていたらしい。

「ね、姉さま、家を出るんですか……」

ツリ目がちな大きな目がこれでもかと見開かれた様子から、余程の衝撃を受けたようだ。

「うん。あ、家の誰にも秘密だよ、絶対に止められるから。私がもう出て行った後なら、バラしてもいいけど」

リタチスタはベッド横の椅子に腰掛けたまま、ニコニコとルルリエに話すが、反対にルルリエは表情を曇らせた。

「どうかした？」

首を傾げて問うと、ルルリエはおずおずと口を開く。

「わ、私も姉さまみたいに元気な体だったら、一緒に出て行くことが、できたのかなあ、と思って」

「ん……」

リタチスタは言葉に詰まった。

これまで自分が楽しいことが第一で、家を出るにあたり、虚弱な妹が自分をどう思っているかなど、これっぽっちも考えていなかった。

「ええと、体が弱いルルリエに当てつけとかじゃないからね。信じてくれるか分からないけど、本当に」

申し訳なさそうに萎《しぼ》んで、機嫌を窺《うかが》うように、目だけでルルリエを見上げた。

「いっ、いえ！　もちろん姉さまがそんなつもりでないこと、百も承知です」

基本的に、ルルリエは自分の体質のせいで何かを制限されても、文句も不満も漏らしたりしなかった。特に姉であるリタチスタには。

自分の言葉一つが足かせになったり、罪悪感を抱かせてしまうのではと恐れていたからだ。

本音はやはり、自分と違い健康なリタチスタがうらやましくて、街に向かうために庭を駆け抜ける背中をずっと見送ったりもしたが、憎んだりはしなかった。

時間があれば会いに来て、今日はこんなことがあったと、わざわざ街に行けないルルリエにくだらないほどの雑談を披露しても、ルルリエは嫉妬《しっと》しなかった。

全ては本人の優しさから来る行動なのだからと。

「でも、帰って来たらきっと、またいつものように沢山、旅先で何があったかをお教え下さいね」

「もちろん！　楽しみにしてて」

その言葉を最後に、リタチスタは最低限の荷物と、角をかくす大きな帽子を身に着けて家を出た。

まずは沢山の種族を見てみたいと思い、海を渡り、カフカへ。

魔族が一人もいない土地は、魔力溜まりの少なさから、自然が豊かだった。

見たことのない鳥や、様々な姿の種族に感動し、誰もが雑草と呼ぶ小さな花でさえ美しく映り、自分はこれまでなんて寒々しい世界に住んでいたんだろう、と思わず魔族領のある海の向こうを振り返った。

少しの間、カフカに滞在して魔族以外の常識や知識を身に着けたリタチスタは、それからはどんどんと違う土地を歩き回り、すっかり家のことなんて忘れていた。

道中では沢山の人と交流し、様々なものを見るうちに、どの種族にも必ず、馬鹿も天才も善人も悪人も同じように存在していて、自分たちのどこに違いなどあるだろうか、と思うようになった。

何年も歩き回り、ついにリタチスタは師となるアルベルムと出会うことになるギニシアの王都、セントリブルへと足を踏み入れた。

はじめ、アルベルムとリタチスタは何でもない道端ですれ違っただけのはずだった。それなのに、アルベルムはリタチスタの背中に声をかけた。

「そこの、大きな帽子の良く似合うお嬢さん」

大きな帽子と言われ、反射的に振り返った。

振り返ると、すぐ後ろにアルベルムはいた。

五十代ほどに見える男性で、道を行き交う人々よりも上質な服装。灰色の髪は元々明るい色に白髪が混じったのだろう。眼鏡の奥の目の色は黒かった。

雰囲気からどこか優し気な人物だ、と感じ取ったリタチスタは、緊張感なく口を開くことが出来た。

「もしかして私のこと？」

「そう。突然で驚かせたと思うけど、君には才能があるように思う。もう君に先生はいるかい？」

「才能？　先生？」

主語がないままの会話に、何のことかと顔をしかめると、アルベルムは警戒されないためか、やんわりとした笑顔をみせた。

「魔法のだよ」

魔法。確かにリタチスタは魔族で、その中でも豊富な魔力を有している方で、魔法も得意だ。

けれどだからこそ、今さら何を習う必要があるだろうと、断るためにもう一度口を開いた。

「別にいらないや。魔法に不自由はしてないし」

と、立ち去ろうとするリタチスタを、アルベルムはさらに引き留めた。

「おっと、まあそう焦らずに、もう少しくらい話を聞いてもらえないかい？　若い子は結論を急ぐね」

やれやれ、と言いたげにあきれ半分なため息をつかれ、リタチスタはムッと唇を突き出した。

魔族であるため、まだ見た目が子供の域から抜け出せていないリタチスタと、ただの人間であるアルベルム。

実年齢でいえば自分の方がきっと年上だろう、と心の中で計算して、そう馬鹿にされる筋合いはないのにと機嫌が悪くなった。

「そっちこそ老い先短く見えるんだから、むしろ結論を急いだ方が自分のためなんじゃない？」

嫌味を言い返すと、アルベルムはハハハと笑った。

「じゃあ若くてまだまだ時間がたっぷりある君にお願いなんだけど、私のために時間を少しもらえないかな？」

自己紹介をするよ。と言われ、結局リタチスタは、アルベルムの研究所までノコノコついて行ったのだった。

アルベルムの言う通り、魔族である自分にはまだまだ沢山の時間がある、なんて軽い気持ちだった。

それがなんと、連れて来られた研究所は、活気づいていて、これまで見たことも聞いたこともない本や資料、道具や魔法石で溢《あふ》れている。わずかに聞こえた会話の内容も理解出来ず、今すぐにでも研究所の隅々まで歩き回りたい欲にかられた。

「さ、ほら、こっちだよ」

アルベルムは、まだキョロキョロと周りを見回しているリタチスタを、静かな部屋へ案内した。

テーブルを挟んで木製の椅子が向かい合わせに二脚あり、二人はそこに座った。

リタチスタは出されたお茶やお菓子にも手を付けず、ずっと扉の向こうの活気づいている空間を、まるで透視でもしているように見つめていた。

そのまま、二人の部屋では時間が静かに流れた。

時間をくれとまで言ったアルベルムが、リタチスタに話しかけようともせず、ただ静かにお茶を飲んでいる。

「ねえ、話すことないの？」

扉の向こうが気になっていたとはいえ、アルベルムが何も言わないものだから、リタチスタは痺《しび》れを切らして自分から話しかけた。

「あるよ。あるけど……。それよりも向こうが気になるようだね」

好奇心だけで家を、そして魔族領を出たほどに、未知に対する知識欲に溢れていた当時のリタチスタは、アルベルムに図星を突かれて、素直に頷《うなず》くのも癪《しゃく》だったが、否定もしなかった。

　ここには沢山の未知の知識が詰まっているような気がして、だから、ただ立ち去るのは惜しい。そう思った。

「なるほど図星か。この研究所は、私のものなんだよ」

「えっ？」

　リタチスタは珍しく目を見開いて驚いた。アルベルムと扉を交互に見比べ、お腹の辺りで拳を握り締める。

　アルベルムはその様子を微笑みながら細い目で確認する。

「ところで自己紹介がまだだった。私はアルベルム。この辺ではそこそこ名の通った研究者なんだよ」

「研究者？　……魔法の？」

　そう。とアルベルムは深く頷く。

「魔法は長い時間をかけて様々な種類と形に作り上げられてきた。便利な世の中になったものだと思うけど、まだまだ魔法は、行きつくところまで進んだとは言えない」

「なら、魔法の発展や進歩が目的ってこと？」

「その通り。まだまだ世界には分からないことも多い。その謎《なぞ》や未知を解き明かして、それを魔法の発展へと繋《つな》げる」

「ふうん。例えば？」

「そうだねえ、古くは、多用されていた陣、希少な魔法石、魔力溜まりや魔物、魔族
……」

他にも色々あって、今教えるには抜けてしまうところもあるだろうから、とアルベルムはある程度で挙げるのをやめた。

「魔族？　魔族の何を解き明かすの？」

気になって詳しい説明を求めた。

解き明かすなんて言い方が引っかかったからだった。

「昔、魔族が他の種族との関わりをほとんど持たなくなったことは知ってるかな？」

当然ながら自分たち魔族のことだ、知らないわけがなくコクンと頷く。

「なら魔族が魔法石に似た性質の角を持つことは知ってるかな」

それも、リタチスタは知っていた。

けれど一般的な知識なのか、それとも研究者を名乗るアルベルムだからこその知識なのか、自分が知っていると口にしていいのかが分からず、リタチスタは頷くことが出来なかった。

無言なのはリタチスタにその知識がないからと捉えたアルベルムは、話を続ける。

「魔族の角が魔法石に似た性質を持っているといっても、完全に魔法石が頭部にくっついてるわけじゃない。似ているだけの別物で、しかも角の色や大きさ、本数に関連して、微妙に違った特性を持っていたりもするのではと……」

なんだか恐ろしいことを聞いているような気になって、リタチスタは口を挟んだ。

「ずいぶん詳しいね。魔族に協力者でもいるの？　それとも魔族を無理にさらって研究をしてるの？」

睨《にら》みながら、棘《とげ》のある言い方をすると、アルベルムはピタリと口を閉じて反省したように眉間《みけん》に皺《しわ》を寄せた。

「あ、もしかしたらそんな風に聞こえてしまったかな、ごめんね。でも決して、誰かを犠牲にして研究を進めているわけじゃないんだよ」

それが本当の話かなんて、当事者でないリタチスタには分からない。でも、もしもさらわれた魔族がいるなら、それは気分が悪い。

「魔法、興味ないかな？」

「…………」

リタチスタの口は重かった。

とはいえ、アルベルムが嘘《うそ》をついているようにも思えない。

本当に魔族をさらっていたとしても、余程の馬鹿でもない限り、その事実はかくそうとするだろう。

けれどアルベルムからは後ろめたさは感じられない。

いくら魔族が珍しいといったって架空生物ではない。調べたり、つてを持っているとすれば、それなりに調べることも出来るだろう。

そのように頭の中で決着させ、アルベルムの質問について考える。

魔法に興味があるかないか。強いて二択で答えるなら、今のリタチスタはないと答える。

それを知ってか知らずか、アルベルムは返事を聞くよりも、もっと興味を引き出そうと椅子から立ち上がった。

「少し見学していく？　返事はそれからでも遅くないから」

「……うん」

先ほどチラッとしか見ることが出来なかった研究所の中は、興味をそそられる物ばかりだった。

三階建ての上から下まで、どこを見てもワクワクして胸がムズムズと疼《うず》いた。

旅はいつでも楽しいとはいえ、もう当初の感動も興奮も最近はおさまっていた。

だというのに、この研究所の中を見て回ると、ここに自分がいたならどんな風に過ごすだろうと想像し、まるで旅を始めた時のような興奮がやまなかった。

子犬のように何度も何度も研究所の中を走り回り、誰かに何かを聞いては楽しそうに頰《ほお》を紅潮させる姿は可愛らしかったが、アルベルムはその後ろをずっとついて歩いていたため、さすがに疲れてきていた。

「そろそろどうかな」

何度目かの階段を下りきったところでリタチスタを呼び止めた。この調子では、恐らく日が暮れるまでまだ何度も何度も往復するだろうから。

「そろそろって？」

「もし私の弟子になって一緒に研究を進める決意が出来たなら、君の名前を教えてくれるかな」

アルベルムは今ここで、どうしてもリタチスタを弟子にしたかった。すれ違った時に直感として感じ取った素質は確かだろうし、研究所の中を走り回る姿からも、アルベルムから声をかけたとはいえ、意欲が感じられた。

「……名前」

こんなに楽しそうな場所なら喜んで居着こうと、もう心の中で決めていた。だが名乗りを躊躇《ちゅうちょ》するには理由があった。

リタチスタの名前はありふれていて、けれど橙色の髪とその名前が、小さな家であろうと貴族の娘であると、界隈では知っている人には知られていた。それが魔族の間だけの話であったとしても、魔族に関しても知識を有しているらしいアルベルムが、万が一にでもその名前を知っていたらどうしよう、と悩んだため、二人の間に妙な沈黙が生まれた。

「弟子になるなら衣食住は保障するよ」

どうやらリタチスタが迷っているのは、条件に納得出来ないところがあるからだと思い込み、アルベルムはダメ押しとばかりにそう告げた。

「リタ、チ……スタ、リタチスタ」

リタチスタという名は、本当の名をもじった偽名だった。これからずっと長い付き合いになるであろう、お気に入りの偽名。

「リタチスタだね？　これからよろしく」

目の前に差し出された手をリタチスタは握り、二人は固い握手を交わした。


アルベルムの弟子となってからも、リタチスタは魔族であることを上手くかくして過ごしていた。

衣食住が保障されるということで用意されたのは、他の弟子たちも使う寮や下宿のような場所で、いつも誰かしら遠方から来ては誰かしら出かけて行き、ちょっとした物置にも使われ、昼夜を問わず人の気配があり、人の出入りは頻繁《ひんぱん》であった。

こんなにも四六時中、他人の気配があったのでは、いずれ自分が魔族だと気づかれてしまわないだろうか、と最初の数日は落ち着けなかった。

ただ、運が良かったのは、リタチスタが偶然一人部屋であったことだろう。

たいていが二人部屋だのとスペースを詰められていたが、リタチスタは比較的少ない女性で、丁度部屋を一人で使えるタイミングで寮に腰を据えたため、一度も帽子を外す姿を見られたことがなかった。

けれど、もしこの先、新たに入る者と相部屋にでもなれば、角をかくし通すことは難しくなるだろう。

ただでさえ、いつどんな場面においても帽子を外そうとしないリタチスタに、どうしてずっと帽子をかぶってるの？　なんて疑問をぶつける者もいるのだ。部屋で寝るときすら帽子を取らないなんてなれば、きっと変な噂《うわさ》も流れるだろう。

他の種族への興味だけでなく、魔法についても詳しく知りたいという気持ちが強まっていたため、リタチスタはアルベルムの研究所に長く留まる決心をしていた。

けれどそのためにはどうしても、魔族の角が邪魔だった。

帽子でかくす他、色々と方法を考えてみた。

考えに考えて、そのどれもが確実性に欠けたまま半年ほど経ち、リタチスタと相部屋になる人物がやってきた。つまり女性の弟子が一人増えたのだ。

もう角を折るしか、自分が魔族であることをかくし通す術《すべ》が思いつかなかった。

きっと成長したリタチスタであれば、使う魔法の種類も増えて、腕も上がっていただろうから、別の方法を使って別の答えを見つけられただろう。

しかしこの頃のリタチスタは追われる身になるかもしれない恐怖から、一度角を折ることが頭に浮かんで以来、その考えから逃れられなくなった。

魔族であることをかくすようになって長いが、研究所に来てからはこれまでの比にならないほど毎日毎秒が楽しくて、離れがたい場所になっていた。

角をかくす術が確実性に欠けるといっても、余程の下手をしなければ、気づかれる確率は限りなくゼロに近い方法もあった。

でも、ゼロではない。悪い想像ばかり膨らむほど、リタチスタにとってもう研究所は、とてもとても離れがたい場所となっていた。

どうしても角が邪魔だが、しかしいざ折ってしまおうと手を触れると、冷や汗が止まらない。

魔族にとって角は、他の角を持つ種族と比べても生え変わりのない特別なもので、そして当然ながら、痛みもある。

折るなんて、生半可な覚悟では実行出来ない。

数日間、眠れない日を過ごし、顔色も悪くなって来た頃、アルベルムが様子のおかしいリタチスタに気が付いた。

「眠れてないのかい」

リタチスタは無言でただコクリと頷《うなず》いた。

「何か、不安なことでも？」

「まあ、少し」

「少し不安なくらいで、そうも顔色が悪くなるものかな」

もう今日の仕事も終わる時間だからと、アルベルムはリタチスタに休憩に付き合ってくれと言って、リタチスタを弟子に誘った時に招いた研究室の奥の部屋で、向かい合って腰掛けた。

「それで、その不安は私にも相談が出来ないことかな？」

「ああ、いや、んん……」

リタチスタの答えが煮え切らないのでアルベルムは苦笑いして、ごまかすようにあごをさすった。

「私に相談するのが難しい面もあるかな」

アルベルムに相談するのが難しいのは確かだ。

魔族だと知られたくないため角を折ろうと思っているが怖くて踏み出せない、なんて言い出せるはずがない。

「そうも顔色が悪いと倒れちゃうよ。うん、今にも倒れそうだ」

「そこまで悪いですか、私の顔色」

「悪いねえ、血の気がないよ。寝てる？　ご飯は食べてるかい？　何か病気に心当たりは？」

アルベルムは心の底から心配していた。だがリタチスタはそこまで心配してくるアルベルムの姿に、思わず笑ってしまった。

「そうまでして無理に聞き出そうとするのもどうなんでしょう？」

「ああ、すまないね。なんならリタチスタと仲のいい誰か、そうだね、相部屋のあの子でも呼んで来よう」

いいえ、とリタチスタは首を横に振る。

「そんな深刻に捉えないで下さい」

ところで、と話を変えたのはリタチスタだった。

「先生はご自分から声をかけて弟子を増やすことは、よくあるんですか？」

アルベルムのもとへは沢山の人が集まる。それこそ弟子にして欲しい者や、助言を欲する者、仕事の関係もあるし、協力を仰がれることも。

そのように日々を忙しく過ごす目の前の人物が、自分のためにこうして時間を割くのは自分が特別だからだろうか、とリタチスタは聞いてみたくなった。

「まあそうだね、全くないとは言わないけれど、それでも突然声をかけて弟子にならないかなんて、強引に引き込もうとしたのは君が初めてかなあ。なかなか特別なことだ」

「そうでしたか」

望んだ答えだったため、リタチスタは目に見えて嬉《うれ》しそうに笑った。

自分が特別なのだと知ると、ふとリタチスタの頭に家族の姿がよぎった。

虚弱な体質の妹ルルリエは、いつも両親の特別な存在だった。そこには不満も嫉妬《しっと》もなかった。それは決して強がりではないはずだった。

ルルリエが生まれるまでは、間違いなくリタチスタが両親の特別な子供だった。だがルルリエとはそう歳が離れていない。だから、自分が両親にとって特別だと自覚する間はなかった。物心ついてからは、体の弱い妹が特別扱いされるのは仕方ないと頭で考え理解していても、たまに両親を試すようなわがままが、つい口をつくことがあった。

だからアルベルムにとって自分は特別なのだと自覚すると、とても気分が良かった。

「少し不安があって眠れず、体調が悪いのは事実です。でも心配しなくても、もうすぐ解決する予定ですから」

どうか安心してくれとの言葉を、アルベルムは鵜呑《うの》みにしなかった。

リタチスタは研究所でも飲み込みが早く優秀で、同じ弟子たちから頼られることが多かった。

多少無茶なお願いをされたとしても二つ返事で受け入れ、ダメ元の相手を驚かせることもあるくらいだった。

リタチスタはとにかく結果がどうであれ、何事にも手を付けないまま出来ないとか、無理とか、ネガティブなことを口にすることはなかった。

少し前、リタチスタと他数名が面白半分に作った危険なお遊びの魔法では、リタチスタの豊富な魔力が必要なので一緒に試そう、と誘われた。

一度試した時には結果的に何事もなく済んだが、それでも一歩間違えれば怪我人《けが》が出たかもしれないと、アルベルムが叱る事件があった。

リタチスタ以外は深く反省してしょんぼりと肩を落としていたのに、問題なのはリタチスタで、結果何もなかったのだからそこまで叱らなくてもいいじゃないか、と反省の色が大変薄かった。

楽しいが故に、この頃のリタチスタは何でも試してみたかった。危険があってもその都度対応したらいいじゃないかと、どうにも楽観主義なのがいただけない。

魔法や実験と体調不良を同列に見るのもおかしな話だが、アルベルムはその辺を心配していた。

現時点の体調不良が、今はまだ動けるのだから、動けなくなってから対応したらいいじゃないかと、取返しのつかない事態になるまで放っておくつもりじゃないだろうかと。

「その体調不良が解決する予定というのは、時間が解決するという意味かな?」

「時間……、いえ、私の努力を必要とするものですが」

角を失う恐怖に打ち勝てばちょっとした努力だけで、相部屋の相手にも研究所の誰にも魔族だと気づかれる心配はなくなり、安心して眠れば体調も回復する。そう見込んでの返答だった。

「もしなんだったら、少しの間休んでいた方がいい。せめてその顔色が戻るまでは、よく眠りなさい」

リタチスタは自分の頬《ほお》をそっと撫《な》でてみた。手触りで分かるわけでもないのは理解していたけれど、そうまで言わしめる自分の顔色は、一体どんなものかと。

「そうですね、じゃあ、お言葉に甘えて一週間程度、体を休めようかと思います」

「それがいい」

素直に養生すると約束したため、アルベルムはようやく胸を撫で下ろした。

「体調が悪いのに呼び止めて悪かったね。ゆっくりお休み」

「はい、おやすみなさい先生」

アルベルムはまだ部屋に用があるようで立ち上がる素振りをみせなかったので、挨拶《あいさつ》だけ済ませて、リタチスタは部屋を出た。

後ろ手で静かに扉を閉めて、深く息を吐きながら歩き出す。

睡眠不足からなのか眩暈《めまい》や頭痛に顔をしかめながら寮へ向かう。

相部屋の相手はおらず、そういえば今日から数日間、魔法石の買い付けで寮を離れると言っていたことを思い出し、ベッドへ飛び込みながら脱力した。ギシッとベッドが大きな音で軋《きし》んだ。

別に相部屋相手は何も悪くない。リタチスタが勝手に、自分が魔族であることに気が付かれないか気を張っていただけだ。

けれど、一人部屋だった時のように、久々に落ち着いて寝そべったまま大きく深呼吸をする。

明日からすぐに魔族領にある実家へ久々に戻り、ルルリエに顔を見せてから、そこで角を折ってしまおう。そこに折った角を置いてきてしまえば、角が見つかる心配もない。

眠気から段々と思考が鈍り、やがて何も考えずに眠ることが出来た。

翌日、昼近くまで寝ていたリタチスタは、コンコンとノックの音で目を覚ました。

一気に意識を覚醒させると、ベッド脇に落ちてしまっていた帽子を慌《あわ》てて頭に押し付け、乱れた髪に手櫛《てぐし》を通しながらベッドから立ち上がり、扉に手をかけた。

「はいどなた?」

寮の中には顔を知る者しかいない。だから相手が名乗るより先に、知った顔が見えた。

「やあ、おはようリタチスタ」

「先生？　どうしました？」

アルベルムが立っていたが、彼が部屋を訪ねて来たのは初めてのことだった。

「昨日の今日だから、ちゃんと眠れたか気になってね」

「ああ……。少しの間何も考えずに休もうと思ったら、不思議とよく眠れました」

「それは良かった」

「はい」

昨夜の顔色の悪さを知っていたから、わずかばかり良くなったリタチスタの様子に、嘘《うそ》ではなさそうだとアルベルムは安心して頬《ほお》がゆるむ。

「あ、そうだ。今日から少し実家に顔を出しに、ここを離れることにしました。今から荷物をまとめて、すぐに出ようかと」

「ご実家に？　そうか、そうだね。顔を見せる家族がいるならそれがいいね」

立ち話は数分で終わり、リタチスタはアルベルムが立ち去った後、すぐにカバンへ数日分の荷物を詰めた。

ルルリエに会うのは何年ぶりだろう。リタチスタは色々な場所を好き勝手に歩いていたから、時間や季節の感覚を失っている時期がずいぶんとあった。

カバンを片手に持ち、誰に挨拶《あいさつ》するでもなく、一人で寮を後にする。

最後に交わしたルルリエとの会話はなんだったろう、何かを約束した気がするな、とリタチスタは額をコツコツ指先で叩《たた》いてみる。

「あ、旅先で何があったかを教えるんだっけ」

あの頃は、リタチスタの過ごした一日はどんなものだったかを、両親やルルリエに伝えるのが日課だった。一日の出来事を語るだけでも沢山のことを話せたのだから、きっと寝る時間も惜しいくらい沢山話すことになるだろうと、自然と笑みがこぼれた。

せっかく帰るのだから、手土産の一つも必要だろうか。

両親はひどく怒っただろうか。

ルルリエの虚弱体質は少しくらい改善されただろうか。

沢山のことを考えながら、リタチスタは再び魔族領の土を踏んだ。

魔力の影響を受けた寒々しい景色の故郷も、懐かしさのスパイスで胸が高鳴る。

クレイメイから屋敷への道中、違和感を感じた。

屋敷へ続く道に草が好き勝手に生えていたり、落ち葉が積もったままだったりと、どうにも荒れているのだ。

人の出入りがあるのだから仮に整備がされていないとしても、雑草が道に生え放題なのはおかしい。

リタチスタは走り出し、そして見えた屋敷を前に、ポカンと口を開けて驚いた。

かつてリタチスタが住んでいた屋敷には、人の気配がない。

庭の草木は伸び放題、増え放題。外壁や窓は薄汚れ、閉めきられたカーテンも記憶の中よりもずいぶん色あせていた。

誰もいない。そう理解して、けれど何故だろう、と屋敷の扉をゆっくりと押した。

もしも鍵がかかっていれば、どこか窓を割ってでも侵入せざるを得ないと覚悟していたが、扉は拍子抜けするほど簡単に開いた。

中は埃《ほこり》っぽく、リタチスタの母の趣味で飾られていた調度品もなく、ガランと殺風景。

「誰もいないの？　ねえ？」

いないと分かっていても、それでもすがるように呼ばずにはいられなかった。

屋敷の部屋を一つ一つ探し歩くけれども、何も残っていない。

「………」

重い足取りでリタチスタは自分の部屋の扉を開けた。

「なんでここは残ってるかなあ……」

リタチスタの部屋も同様に埃をかぶっていたけれど、部屋のもの全てが、読みかけで雑に開いたままの本までが、机の上にそのまま残されていた。

「なんなのこれ……」

小さな独り言。

ふと、開いたまま伏せた本の下に、何か挟まっているのに気が付き、ゆっくりと引き抜く。

それは白い封筒だった。

「手紙……?」

姉さまへ、と宛名にある。自分宛ならばと遠慮なしに封筒を開き、中から数枚の便箋を引き出す。

内容を綴る字は、震える手で書かれたように弱々しく、大きさも線の強弱も、形もバラバラだった。

手紙は、リタチスタの体を気遣う一文から始まっていた。

間違いなくルルリエの書いた手紙のようで、まずはリタチスタが勝手に家を出たあと、両親がカンカンに怒っていたとリタチスタに教えた。

だからルルリエは、何故リタチスタを引き留めなかったのかと咎《とが》められることを恐れ、何も言い出せなかった。

リタチスタがどれだけ日々を退屈に思っていたか。どれほど楽しみに家を出たか。心配しなくてもリタチスタならきっと大丈夫だと、思っていることの一つとして両親に話すことは出来なかった。

はじめの数日はいつ戻ってくるのかと怒っていて、一週間を過ぎると何かあったのではと心配し始め、ひと月を超えると、きっと元気だろうと信じるようになり、一年を過ぎて母にため息が増えた。

リタチスタはその辺まで読み進めて、埃だらけのベッドにバフッと腰を下ろしたため、埃が舞い上がる。

ルルリエの虚弱な体質の改善になればとクレイメイまで来たけれど、ルルリエの体は良くなることもなく、一つ大病を患った。

手紙を残そうと決めたのは、その病気が治らないと分かったからだった。

手紙を読み、何故屋敷に誰もいないのかを薄々察し、ぐっと歯を食いしばる。

【私の病気は治りません。せめて最後に姉さまに会えればと願ってみました。沢山のお話を聞きたいと願ってもみました。こうして手紙を書いている今にでも姉さまが帰ってこないかと、ずっと窓の外を気にしてしまいます】

「楽しいよ。すごく楽しかった」

両親のこともルルリエのことも忘れるほど、旅は楽しかった。手紙をルルリエに見立て、小さな声で呟《つぶや》き、リタチスタは目に滲《にじ》んだ涙を手の甲で拭う。

【クレイメイに来たのは私のためだけのことでしたから、きっと私の命が尽きれば、この屋敷から離れると思います。でも姉さまはご自分の部屋から何もかもなくなってしまってはきっと困るでしょうから、いつか帰って来た時のために、そのまま残しておいて欲しいとお願いしておきました。余計なお世話でしたらごめんなさい】

リタチスタは手紙から顔を上げ、改めて部屋を見渡す。

ルルリエが書き残した通り、記憶に残る自分の部屋のまま、何も物を動かされたり、なくなっていたりもしない。

【姉さまの沢山のお話を聞きたかったのはもちろんですが、きっと帰って来るなり両親はキツく叱るでしょうから、私だけでも姉さまにおかえりなさいと言って出迎えたいです】

ふと、リタチスタは手紙の文字にところどころ水滴が落ちた後のように、インクが滲んでいるのに気が付く。

【私、死にたくないです。きっと私の体は成長するに伴い強くなるんだと思っていました。少し我慢して両親の言うことを聞いていれば、いつか姉さまのように沢山走り回って、好きなことも出来て、好きな場所に行けるんだと信じていました。どうせ死んでしまうなら、もっと姉さまの背中を追いかけてみればよかった。もっと外の空気を吸えばよかった。もっと何か出来ることがあったはずなのに悔しいです。死にたくないです】

「…………」

インクを滲《にじ》ませたのは、泣きながら手紙を書いたルルリエの涙だ。

瞬きもできず涙の跡に目が釘付けになる。そして考えるのは、病気に苦しんだルルリエと対照的な自分のこと。

情けないし、薄情だ。リタチスタは自分で自分を罵《ののし》った。

ルルリエがそこまで虚弱で、大病を患ったなんて知らなくて、土産話を楽しみにしててと、あれが最後の会話になったんだと、今さらながら実感が湧いてきた。

楽しみにしていただろう。手紙にもそうある。記憶には沢山、見せたかった物や教えてやりたい話、なんなら、魔族領では手に入らないような土産だって、リタチスタは持って来ていた。

「自分勝手が過ぎたのかなあ」

悔いのない方法を想像してみてもただの想像だし、今さら何をどうしても結果論でしかなくて、手紙を手にしたままリタチスタはベッドから立ち上がった。

そしてだるそうに自室から出ると、少しでも窓の景色が遠くまで見えるようにとの配慮で二階にあるルルリエの部屋へ向かう。

静かでどこか冷えたように感じられる廊下を歩き、一枚の扉を開ける。入るとそこに二階へ続く階段があり、一段一段、踏みしめるように二階へ上がる。

二つ並ぶ扉の左側の取っ手に手をかけた。

けれどリタチスタは、そこで一旦動きを止めた。

この先はルルリエの部屋だ。

あまり体力を使わないで部屋にいられるように、本やおもちゃ、可愛らしい飾り物などが溢《あふ》れた賑《にぎ》やかな部屋だった。

以前はリタチスタが訪ねると、部屋の奥にあるベッドで、ルルリエが待ってましたと言わんばかりの笑顔を見せたものだった。

それが、きっともう今は殺風景でルルリエもいない、リタチスタの胸をえぐる光景になっていることだろう。

何もない部屋が怖くて、リタチスタは扉を開ける手を思わず止めてしまったのだった。

ふう、と小さく息を吐く音が誰もいない空間に広がり、それからリタチスタは気をとりなおして、何事もなかったかのように扉を開けた。

「え……？」

ところが、殺風景であろうはずの部屋は、記憶の中の賑やかさと寸分違わぬ光景でそこにあった。

「ど、どうして？　何で部屋がそのまま……」

本の納められた本棚も、おもちゃやぬいぐるみの並んだ椅子も、ベッドもそのまま。

「……？」

誰もいないはずのベッドのかけ布団が、こんもりと盛り上がっていた。

丁度ルルリエが寝ていた時、あのくらいの大きさだったとリタチスタはすぐに記憶を蘇《よみがえ》らせる。

足を踏み込むことを躊躇《ちゅうちょ》していたが、ベッドが気になった。

そっとベッドの脇まで近寄ると、かけ布団の下から、リタチスタと同じ橙色の髪の毛が少しだけはみ出ていた。

この下に何があっても驚かない。心に決めて一気にかけ布団を取り払った。

そこには、ルルリエの姿があった。

心に決めた通り、リタチスタは驚きで声をあげたりしなかった。いいや、あまりの驚きに声を出すことすらできなかったのだろう。

ルルリエは仰向けで、お腹の辺りで両手を組んだ姿で眠っているようだった。

やつれた様子はなく、頬《ほお》や唇の血色もとてもいい。

規則正しい呼吸音と、静かに上下する胸が、死人ではないと語る。

生きていた。

ルルリエが生きている。

リタチスタは苦しげに顔を歪《ゆが》ませ、片手に持ったままだった手紙をクシャッと握り潰《つぶ》し、恐怖から逃れるように、ふらついて一歩後ろへ下がった。

異様ではないか。残された手紙と、何もない誰もいない屋敷。だというのにルルリエの部屋だけが、まるで時間から切り離されたように、本人と共に残っている。リタチスタの部屋と違い、取り払った布団から埃《ほこり》が舞うこともなかった。

一歩退いた足を再度踏み出し、存在を疑うように優しくルルリエの肩に触れる。

目を覚ます様子はないけれど、伝わる体温は本物だった。

こんなに穏やかに眠っているのだから無理に起こすことはない。ルルリエを待たせたのはリタチスタなのだ、目を覚ますまでの些細《ささい》な時間、寝顔を見ていたって飽きやしないだろう。

しかし、ルルリエに何事もなかったなら、今自分が手にしている手紙はなんなのか。

リタチスタは続きを読み進めることにした。

【私が生きて姉さまを出迎えることは出来ないけど、私に代わるゴーレムを作っておくことにしました。一緒に私の角も持たせていますから、私のお部屋は姉さまの記憶の中のままのはずです。私の部屋でゴーレムが眠っていますから、姉さまの魔力を感知したら目覚めると思います。ゴーレム作りは不慣れだから、もし不具合があって起きないようなら、姉さまが起こして下さいね。私の名前を呼べばきっと起きますから。そしてただいまと伝えてあげて下さい】

「ああこれ、幻覚か……」

リタチスタはため息をつきながら、残念そうに、悲しそうに部屋をぐるりと見渡した。

ルルリエの幻覚を見せる魔法。それが部屋全体を覆い、埃《ほこり》一つない、リタチスタの知るルルリエの部屋を再現して見せているだけ。

本当は何もなくて、空っぽで、埃臭くて、名残りの一つもない、暗い部屋。

【姉さま、どうかお元気で。私の分まで沢山楽しいことを経験して、沢山やりたいことをして、沢山生きて下さいね】

最後の一行を読み終え、一度は握りしめて皺《しわ》の出来た手紙を丁寧に折りたたんで、ベッドに横たわるルルリエのゴーレムに見向きもせず部屋を出た。

手紙にはああ書いてあったけれど、リタチスタにとってみれば、妹の形をしただけの別物。ただいまもおかえりも、本人でなければ無意味だし、それにあの偽物を何故妹の名前で呼ばなければならないのかと、憤りすら覚えた。何か越えてはならない一線あれをルルリエと呼べば、自分の中の何かを失う気がした。
を越える気がした。

部屋から一歩出ると、今まで夢の空間にいただけだったんだと、すぐ我に返るほど空気は冷えていて、ツンとした鼻の奥の痛みを無視して大股で自室に戻った。

相変わらず自室は汚いのに、リタチスタは気にせずベッドに身を投げた。

呼吸を躊躇《ちゅうちょ》するほど舞い上がった埃の中で、仰向けになって呆然《ぼうぜん》と天井を見上げる。

無感情に見えた両目は次第に涙を溜めて、ツッと重力に従い、耳の方へ流れた。

表情なく一文字に結ばれていた口が次第にへの字に曲がって、唇が丸め込まれ、皺《しわ》一つなかった眉間《みけん》にギュッと皺が寄る。

「……うっ」

誰も見ていないのにリタチスタは両手で顔をかくすようにして、もう二度と見ることの出来ないルルリエの笑顔を思い出しながら、さめざめと泣いた。

泣きはらした赤い目を擦《こす》りながらベッドから体を起こしたのは、深夜と呼べる時間帯。

明かりのない部屋の中は、差し込んだ月明かり以外は真っ暗で、それが逆にリタチスタを冷静にさせた。

自分は何をしにここへ帰って来たのだったろうと。

脱力したまま、指先を動かすことですら億劫《おっくう》であったが、ノロノロと探るように頭部の角に手を触れた。

ルルリエがいなくなってしまった今、本当に魔族領へ戻る意味がなくなった。

両親のことがどうでもいいってわけではないけれど、リタチスタを繋《つな》ぎとめる理由にも楔《くさび》にもなり得なかった。

心の中でぐらついていた天秤が、魔族をやめる方へ簡単に傾いたのを感じ取った瞬間、リタチスタは体を起こして、右側の角を両手で握りしめた。

今ここで、自分を魔族たらしめる角をへし折ってしまおう。それで種族が変わったりするわけじゃないことは理解している。けれど、自分が死ぬまで誰にも悟らせない自信があった。

だから、こんなものへし折ってしまえ。

頭の中でリタチスタは自分に言い聞かせながら力を込めた。

一本目は自分の選ぼうとしている選択への恐怖との戦い。二本目は痛みと戦った。

角は、根元から折れた。

これなら髪をうまい具合に撫《な》でつけておけば、風のない室内くらいでなら、気を付けさえすれば帽子なしで過ごせるだろう。

角を折り、断面を焼き、それらの痛みに喘《あえ》いだ影響で乱れた呼吸を整え、ベッドの上に転がった角を見下ろす。

へし折った角の根元からは血が滲《にじ》んでいた。

自分の一部であったはずなのに、どうしてか気味の悪いものに思えてならなかったリタチスタは、それを雑にクローゼットの奥に転がすと部屋を出て、屋敷から出るために玄関扉の取っ手に手をかけた。

痛みにふらつく足ですぐにでも出ようと思っていたが、ふと、これできっと最後になるだろうと振り返った。

長く住んでいたわけではなかったが、確かに自分の帰る場所であったし、それにルルリエのいた場所だった。

ルルリエの部屋がある二階へ目を向ける。

「さようなら、ルルリエ」

かつての思い出への罪悪感をかくしきれずに別れの言葉だけを残し、リタチスタは今度こそ屋敷を立ち去った。

ところで、ルルリエの作った本人そっくりなゴーレムは、本来なら屋敷へリタチスタが足を踏み入れた時点で目を覚ますよう作られたはずだった。けれど魔法に不慣れだからと心配して、名前を呼ぶことによっても目を覚ますよう、ルルリエは仕掛けていた。

結局、屋敷に足を踏み入れただけではゴーレムが目を覚ますことはなかった。これはルルリエが想定した通りの不具合で、次に用意された、名前を呼ぶという行為は、手紙にも目を覚ますための手段として綴《つづ》られていた。

だというのに、リタチスタはゴーレムが目を覚まさないならと放ったまま、手紙に書かれていた名前を呼ぶという行為も、屋敷から立ち去る、最後の最後になるまで行わなかった。

最後になるまで。つまりリタチスタは、最後に確かに妹の名前を呼んだ。

「…………」

ゴーレムは、人知れず目を覚ました。

作った本人が与えた魔族の角と大量の魔力。それとルルリエの記憶。

誰もいない屋敷からゴーレムが進んで出て行くことはなかった。ただ、与えられた記憶の中にいる姉のリタチスタを、おかえりなさいと言って迎えるその日のために、亡霊のようにさまよい続けることとなった。

リタチスタはたった一週間しか離れていなかったのに、研究所で忙しく駆け回る仲間をとても懐かしく思って入口に突っ立っていた。

「おやリタチスタ、戻って来たんだね」

通行の邪魔になる場所だった。なかなか動かないリタチスタを見かねて、アルベルムが声をかける。

「ああ先生」

「ご実家ではよく休めたかい？」

言ってすぐ、アルベルムはリタチスタの顔色がすぐれないことに気が付いた。

「リ……」

「おかげさまで」

悟られることを拒むように声を遮《さえぎ》り、まるで説得力のない、気持ちのこもらない笑みをアルベルムに見せた。

「よく休めました」

よく休めたなんてどの口が言っているのか。誰が見たって表面的だと一目で分かるほどの笑みは、力が抜けるようにゆっくりと崩《くず》れた。

アルベルムは気になることがあるようで、とりあえずリタチスタを外へ連れ出した。

「ついておいで」

研究所の敷地から出ることはなかったが、それでも庭の隅っこの、人通りが少ない場所まで連れ出された。

「リタチスタ、もしかして角を折っちゃったのかい？」

「え……？」

目を見開く。

いつも帽子をかぶっていて、アルベルムはリタチスタが帽子を外した姿なんて見たことはないはずだった。それに当然ながら、魔族だと自己申告した記憶もない。

だというのにアルベルムは、ずっと帽子の中に角をかくしていたのを知っていたみたいに、いいや、みたいにじゃない、角をかくしていたのを知っていた。

「つ、角、ですか？」

ギュッと帽子のツバをずり下げるように力を込めたのは無意識だったが、かくそうとする行為そのものが、角の存在を認めると言っているようなものだった。

「魔族にとって角は、魔力の一部を担う大切なものじゃないか」

心底から心配して、いたわる様子のアルベルムにリタチスタは目を白黒させて、ひどく混乱していた。

「替えがないのに折ってしまうなんて、……わずかだけど魔力に変質が起こってる。これからも大きく変質するかもしれないね。もしかして不調なのはそのせい？　戻って来てから も顔色が悪いよ」

「せ、先生、私魔族じゃないです。違います」

リタチスタは何度も何度も首を横に振った。せっかく角を折ったのに、これからをふいにしたくなかった。

「リタチスタ」

「違います先生、なに言ってるんですか」

とうとうずり下げた帽子のツバが視界を遮《さえぎ》り、リタチスタは自分のつま先だけを見開いた目で見降ろしていた。

「リタチスタ、聞きなさい」

アルベルムの手がポン、とリタチスタの肩に置かれる。

「一度落ち着こう。私の言葉を聞いてくれるかな？」

「…………」

返事こそなかったが、リタチスタは小さく頷《うなず》いた。

「まずね、君が魔族だというのは知っているよ。誰にも言っていないし言うつもりもないから、安心しなさい」

「…………はい」

完全に安心しきったわけではなかったが、ひとまずはリタチスタもか細い声でそう答える。

「いつから、知ってたん、ですか」

そう問う声は震えていたものの、アルベルムはリタチスタが落ち着いて話を聞ける状態だと判断した。

「いつってねえ、一目見た時からに決まってるだろう」

「じゃあ、私が魔族だから、弟子になるよう声をかけたってことですか？」

窺《うかが》うようにアルベルムと目を合わせたが、アルベルムは安心させるように、そして少し困ったように笑った。

「リタチスタはそう思うかい？」

正直なところ、リタチスタには分からなかった。

長いこと旅をして理解していたのは、魔族は魔族以外を毛嫌いし、魔族以外の種族は魔族を恐れて嫌っている、という世の常識にも似た認識。

だというのに初対面で、魔族と分かっていながら話しかけてきたのだとすると、理由はなんだろう、と答えに詰まるのも無理はなかった。

「君が魔族だから声をかけたんじゃないよ。あの時、確かな才能を感じ取ったから声をかけたんだ」

個人の中に巡る魔力というのは、訓練を積んだ一部の者には目で見ることが可能になる。

アルベルムは街の中でリタチスタを見かけた時、魔族特有の異質な魔力の中に、光るものを感じたのだと話す。

「リタチスタが魔族でなくても才能を感じれば同じように声をかけただろうし、逆に魔族であっても才能を感じられなければ声はかけなかった」

まだ沈んだ表情のリタチスタの背中をトントンと叩《たた》いて、アルベルムは歩き出す。どこへ向かおうとしているのか知らされないまま、リタチスタはひな鳥のようにゆっくりとした歩みでついて行く。

「リタチスタは、ここに来るまで色々と旅をしていたんだったね」

「はい」

「色々なものを見たかい？」

「はい」

「きっと楽しかっただろうけど、そうやって少しずつ、世の中の魔族に対する認識を知ったんじゃないかな」

「……はい」

はい、とばかり答えていたが、まだ口の重いリタチスタが肯定と否定だけで答えられるようにという、アルベルムの優しさだ。

「思うにねえ、リタチスタは少し、種族の違いについて考え過ぎたんだろう」

話している内に、研究所の裏の小さな畑に到着した。

畑では自給自足の野菜を育てているわけではなく、主に薬の原料を育てている。

畑の近くには肥料や道具を入れておく小さな小屋があって、小屋の壁に沿うように、ベンチが二つ置かれている。

たまに誰かが休憩場所にしているそこに、アルベルムが腰掛けた。

「ほら、座りなさい」

と、リタチスタに横へ座るよう促す。リタチスタは素直にベンチへ腰を下ろし、今の話はどういう意味かと問う。

「種族の違いについて、考え過ぎた。言葉の通りの意味だよ」

「ですから、その言葉の通りというのが分かりません。私の日々の言動に何か、違和感などがありましたか？」

いいや、とアルベルムは首を横に振った。

「君は周りとよく馴染《なじ》んでる。それなのに、どうして角を折る必要があったんだい？」

「もう魔族領に戻ることはないだろうからと、こちらで魔族であることをかくして生活するためにはどうしても、角が邪魔でした」

「それだけかな？」

「だけ、とは？　いえ、今のが本心です」

リタチスタは首を傾げる。

目的は生活のために他ならない。嘘《うそ》でも意地でもない。改めて自分のことを考えてみる。かくすだけでよかったなら、折るまでする必要はあっただろうか。

「でもかくすだけなら、魔法でどうにでもなったはずだ」

今まさに考えていたことだった。

リタチスタは一瞬、心を読まれたのかと心臓が跳ねたが、そんなわけがない。

「私は多分、君が不快に思うことを言うと思うんだ。許してほしい」

「え……」

憐憫《れんびん》を含んだ眼差しがリタチスタに刺さる。

「角をなくしたって、君が魔族でなくなるわけではないんだよ」

だからどうした、そんなの当たり前じゃないか。

世界中の誰にとっても当たり前すぎて笑ってしまうであろう言葉に、リタチスタは頭が沸騰しそうなほどの怒りを感じた。

別に魔族をやめる意図で大切な角を折ったわけじゃない、と言い返せたはずなのに、膝《ひざ》の上で爪が食い込むほど固く拳を握り、思わずアルベルムへ罵声《ばせい》を浴びせそうになった。すんでのところで言葉を呼吸と共にせき止めて、グッと唇を噛みしめる。感じたのは怒りだけではなく、同時にひりつくように胸も痛かった。

「角をかくしたいだけなら魔法でも何でも使えばそれだけで済んだろうに、そうしなかったのはどうしてだか自分の胸に聞いてみたかい？」

「……………」

強烈な一瞬の怒りが燃料の尽きた炎のように小さくなり、段々と頭の中が鮮明になる。

きっと怒りを覚えたのは、アルベルムの言葉が的を射ていたから。

リタチスタは、認識を隔てる種族というものについて、深く考えた時期があった。

どんな種族にだって等しく馬鹿がいた。天才がいた。優しい心の持ち主がいれば、信じられないほど惨《むご》たらしい行為に手を染める者もいた。

見た目以外の違いだなんてあるんだろうか、とぼんやりそう思っていた。全員が同じ環境で同じように育てば、何も違いは生まれないのではなかろうかと。

アルベルムと出会い、研究所では沢山の仲間と笑い合い、そこには当然のように様々な種族が入り混じっていた。もちろん誰も彼もが全員仲良しではなかったけれど、支障をきたすほどではなかった。

でもそこにたった一人の魔族が混じってみたらどうだろう。誰が怯《おび》えることなく笑顔で受け入れてなどくれるだろう。

他の種族のように受け入れてなどもらえない。無理だ。不可能なのだ。魔族であることをかくしている今なら、信頼も、信用もあるのに。

あの角があるだけで全て帳消しだ。

追い出されるだろうか、離れていくだろうか、逃げられるだろうか、敵意を向けられるだろうか。悲観的な想像しか出来ないほど、魔族という存在が恐れられているのは、聞かなくても分かりきった答えだった。

だからリタチスタは、魔族ではない別の何かになりたかった。

角がなくなったところで、魔族は魔族以外になり得ないなんて分かっていた。そんな理由で角を折るなんて馬鹿げた動機だとも分かっていた。

だから無意識に、今後の生活の邪魔だから、と自分で自分に言い聞かせていた。

それなのにアルベルムは、それをリタチスタに気づかせた。

自分の努力ではどうにもならない部分で、悔しくてリタチスタは口をへの字に曲げた。

「言われなくたって、分かってます」

「うん」

「でも、心のどこかで、ここの皆に私が魔族だって気づかれでもしたらって、そう思うととても怖かったんです。私が魔族だと分かってなお、誰が今まで通りに接してくれますか」

膝《ひざ》の上の握り拳は、いつの間にか祈るように両手が組まれていた。

リタチスタは深くうつむいていたからアルベルムにその表情は見えなかったけれど、かすかに鼻をすする音がした。

声だけ聞けば、冷静なんだと勘違いするところだった。アルベルムは何と言葉をかけたらよいか、少し迷った。

アルベルムは他の種族になろうなんて考えたことも、努力では乗り越えられない悩みも抱えたことはなかったから。

「私は君の気持ちに共感してあげられても、完全に理解することはできないんだけど……」

「分かってます。そんなの期待してません」

投げやりな返答に言葉を遮《さえぎ》られ、思わずアルベルムは苦笑いした。

「うん。でも一つだけ、君の疑問の答えは持ってるかな」

「疑問……？」

「君が魔族だと分かってなお、今まで通りに接する人だよ」

「えっ？」

誰だろう、と期待から思わず顔を上げたリタチスタの目は、涙をこらえたのか赤くなっていて、その目が捉えたのは、自分で自分を指さした、笑顔のアルベルムだった。

「先生？」

「うん？」

「あ、いや呼んだんじゃなくて、先生がその、……今まで通り接してくれる人ってことで

すか?」

「けど、最初から知ってたのと途中から知るんじゃ、わけが違うじゃないですか」

「そうだよ」

「違うかなあ」

「違います」

ズバリ言いきられたのでアルベルムは残念そうに肩を落とす。

「まあ、でもねリタチスタ、魔族であることを悔いたりしなくていい。自分の存在を疎《うと》ましく思う必要もない」

リタチスタはアルベルムの言葉にじっと静かに耳を澄ます。

「今はまだ難しいかもしれないけれど、もっと仲間を信じてみるといい。これから先、ありのままの君を受け入れてくれる者が、私以外にも必ず現れるから」

「根拠は?」

「ないよ!」

今度はリタチスタがガクリと肩を落とした。

こんな風に、リタチスタが魔族であることを一番に受け入れていたのがアルベルムであり、リタチスタはその後、アルベルムのことを誰よりも慕ってやまなかった。

第四章　協力者

「と、まあ私の歩んできた人生を語ってみたわけだけど、感想は？」

リタチスタさんは手のひらでバロウを指した。

「いや、感想って……」

「バロウ」

からかいの類《たぐい》と一瞬思ったが、それにしてはリタチスタさんの表情は真剣だった。

話の中に出てきた通り、リタチスタさんは自分が魔族であることの露呈をひどく恐れて今日までかくしていたようだった。長い付き合いのバロウが今後どのような出方をするか、気になるのは当然といえよう。

「私も聞き方が悪かった。でも私が何を言いたいか分かっているよね？」

部屋の中を数秒、沈黙が満たす。自然と室内の全員の注目がバロウに集まった。

バロウは居心地悪そうにしているけれど、リタチスタさんを見る目に怯《おび》えはない。

「リタチスタが魔族だってことに関してだけど、これは、まあ、驚きはしたけどリタチスタが言うような恐怖心とかはない」

「本当に？」

「本当だ。リタチスタが話に聞くような魔族とは思わないよ。俺のお前に対する認識は、長い時間かけてお前が掴《つか》んだ信頼だ。誇ってもいいくらいだと思う」

「そう。そうかあ、誇れちゃうかあ……」

リタチスタさんは今まで見たことのない、嬉《うれ》しそうな、でも恥ずかしそうな、照れたような笑みを浮かべた。

「それと、どうして先生との約束を破ったことであんなに執拗《しつよう》に責められたのかも、何となくだけど理解した」

「それは良かった。先生が私の中でどれだけ多くを占めているか、考えてくれただけでも進歩だよ」

余程大切に思っている人だったのだろう、穏やかな表情からもそれが伝わってくる。

「先生を慕う気持ちの大きさが、そのまま俺を責める原動力になってたかと思うとゾッとする」

「そうだね。それとルルリエが残した手紙のこともあるけど」

「妹が？」

「そう。沢山、楽しいこともやりたいこともやってねって言葉。バロウが先生との約束を守らないのがそれはそれは許せなくて、だからってまあいいかって放っておくとすると、それって同時に、やりたいことをやるってルルリエの言葉を無視することにもなるんじゃないかって」

「……俺を追い詰めたかったわけ？」

「そりゃあもう」

バロウはギーッと歯を食いしばり、困ったように目を細める。

そんな表情を見て、リタチスタさんの方は楽しそうにニヤリと笑った。

「だから今は満足かな」

「ああ、そう……」

音にもならないほど静かに、バロウは心底疲れた顔でため息をついた。

「じゃあ、次にカエデだけど」

「え、はい私ですか？」

次、と指さされ、思わず背中がピンと伸びる。こちらに話を振られるなんて、思ってなかった。

「どう？　出立前はずいぶんと心配そうにしていたから」

「魔族領に来てからはちょっと街を歩いただけだし、魔族ってリタチスタさんしか知らないんですけど、少なくともリタチスタさんが怖いってことは、全然ないです。印象が変わったりも、ないかなあと」

「そう?」

「はい。あ、でもしっくり来た部分とかはありました」

「ん? なにかな?」

リタチスタさんが話してくれた中に、魔族の魔力は異質と言っている部分があったのを思い出す。

恐らく関係があるだろうと思うのが、リタチスタさんを怖がっていたカスミのこと。

個人の魔力を目で見るというのは分からないけれど、カスミは魔力の異質さを肌で感じていたのではないだろうか。だからこそ意味もなく怖がっていたのではないかと、理由にもしっくり来る。

今でこそリタチスタさんに慣れているカスミに、どうなの? と聞いてみたが、小さく首を傾げるだけ。

「なるほど、関係はありそうだ。だとするとこの帽子の魔法も、もっと質の向上に努める必要があるなあ」

「その帽子、今言ってた魔力が見える奴の目もごまかせる代物なのか?」

カルデノがチョイと帽子を指さした。

「まあそうだね。そもそもが魔族の異質な魔力ってのがどんなものか知らないと、見ても単に変わった魔力だとしか思わないだろうけど、たまには先生みたいな人もいるだろうから、念のためね」

「そうか」

自分のことをあらかた話したようで、あとは私たちから質問がないのかと促される。

「じゃあ、少し気になることがあったんだけど」

と、バロウが律儀に小さく挙手する。

「何でも聞くなら今の内だよ。どうぞ」

「その、お前の角をもう一度見せてもらってもいいか？」

「角を？　いいけど……」

リタチスタさんはそう言いながら自分の荷物から角の片方を取り出し、手のひらの上で転がすようにバロウへ見せる。

角を見て、なんだか難しそうに眉間《みけん》に皺《しわ》を寄せて思案顔のバロウ。この角の何が気になるんだろうと様子を眺めていると、やっぱり、と呟《つぶや》いた。

「この角、やはり俺が見た魔王のものと色や形がよく似てる」

「えっ」

思わず声が漏れたが、会話の邪魔になる、と慌《あわ》てて口を閉じる。

「まちなかでもこんな色の角は一人だって見なかったところから察するに、ありふれたもんじゃないよな？」

「そうだね。かなり珍しいと思う」

バロウの言いたいことを、瞬時には理解出来なかった。

確かにリタチスタさんの角は一目見た時から他になかった色とは思ったけれど、まさかバロウはそれだけで魔王との何らかの繋《つな》がりを疑うのだろうか。

「けど、バロウの知る魔王と同じ血筋とか、そういうことじゃない。そもそもこの角に親からの遺伝などは関係ないんじゃないかと思うんだ」

言われれば、リタチスタさんの妹のルルリエ、あの女の子の形をしたもの自体はゴーレムであっても、そのゴーレムが持つ角はルルリエ本人のものだった。

ルルリエの角の色は、リタチスタさんのものと違って赤く、また形も若干異なっていた。

まちなかで見かけた角も様々で、確かに遺伝とは関係なく、その個人の好き勝手で生えていると言われた方が納得できるほど、種類が豊富であった。

「思うに、系統で色が違ってるのかもね」

「系統？　というか、自分たち魔族のことなのに、詳しくないのか？」

「自分たちのことに疎《うと》いなんて問題じゃないだろう。バロウだって自分のことだからって内臓や病気に詳しいのかい？」

「い、いや……」

「だろう？　だから全部私の憶測に過ぎないけど、例えば、炎晶石や雷晶石なんかの魔法石があったとして、赤や紫、白、青。色々あって、それぞれには役割が決まっている。魔族の角も似通ったところがあって、魔法が苦手なルルリエに扱いやすかったのが炎の魔法。そして角の色は赤」

うんうん、とバロウは感心するように深く頷《うなず》いており、魔法石に詳しくない私にも、何となく理解出来る。

要は、魔族は頭に角という名の魔法石がついていて、その角の系統の魔法を得意とするっていう話と思って間違いはなさそうだ。

「で、今まで黒い魔法石ってのは見たことあるかな」

「黒い魔法石ぃ？」

バロウは思いきり首をひねって考え出したが、私はもしかして、と心当たりがあったため口を開いた。

「あの、それって黒鉱ですか？」

「おや、カエデ正解」

「あっ、ああ～！」

それかー、とバロウは単純にクイズに正解出来なかったことを悔しがっているように見えた。

黒鉱は黒曜石のように真っ黒な見た目をしていて、触れた者の魔力を吸い取ってしまう特性を持っている。一方でリタチスタさんの角も、全く同じ色ではないものの、ガラス質な黒さを持ち、黒鉱同様に、他者の魔力を吸収する珍しい特性を持つという。

そして黒鉱と違うところが、勝手に魔力が放出されないところ。

「じゃあ、リタチスタの角は、他人から魔力を吸い上げられるってことか?」

「出来るね」

「ああやっぱり。それ、まんま、俺の知ってる魔王だ。俺、そのせいで……」

魔王と戦った時の、魔力がなくなったことによる戦力外の屈辱。バロウはそのせいで、共に戦った仲間であるはずのエリオットさんたちの前から逃げ出したほどだ。思い出したくない記憶が蘇《よみがえ》ったことだろう。

「なんかその辺のことはもうエリオットたちに慰めてもらったんだから、ここでグダグダ言い始めるのはやめてもらえるかい?」

まるで子供に言い聞かせるような、やんわりと突き放す印象を受けたが、バロウはハッとして咳払いした。

「だから角には親からの遺伝的な要素はほとんどなくて、私と魔王になんの関係もないことの証明にはならないかな?」

「ん、んん……」

「足りないと言われたところで、これ以上は何も言えないけど」

「いいや、疑って悪かった」

バロウは左右に首を振ってわびる。

「気にしなくていい」

時間的には、ずいぶんと二人の部屋に居座ってしまっただろうか。

カルデノが窓の外を気にしているように目を向けて言う。

「話はひと段落ついたか？　目的の角が回収出来たんなら、明日に備えてもう寝た方がいいんじゃないのか」

また、明日から歩き通しで山を越え、それからリタチスタさんとバロウの二人は、ギニシアまで荷台を移動させなきゃならない。

帰り道の行程を思い浮かべると、すぐにでもベッドへ飛び込みたかった。

どうやら私と同じく体力の少ないバロウも同じことを考えたらしく、大きなため息と共に、急に肩を回して凝りをほぐそうとする動きを始める。

「そう言われれば疲れたな。カルデノさんの言う通り、今日はもう寝た方がいいだろ？」とリタチスタさんに同意を求める。

「そうだね、お休み。じゃあ明日は、一番早く起きた人に起床時間を合わせよう」

部屋が違う私たちは、それぞれ就寝の挨拶《あいさつ》を交わし、部屋を出る。

一歩廊下へ出たところで、ふと気になることがあってリタチスタさんへ目を向けた。

「どうかした？」

丁度目が合った。

「あ、いえ……」

「そういう中途半端って気になるね。いいよ言って。何か聞きたいこと？」

「ええと、その」

余計なお世話だろうなと思いつつ、つい聞いてしまう。

「……ここからは引っ越したっていうご両親に会いに行ったりする予定はないのかなって、ちょっと思ったので」

私にはまったく関係ないことだし、そもそもそんな時間が取れそうにないのも分かっている。だからこの質問はただ単に、リタチスタさんが両親に会いたいか、会いたくないかだけを聞く質問かもしれない。

「ああ、その予定はないよ。もし仮に会いに行こうと考えてたとしても、今はカエデが最優先だからね、安心していい。悠長にすごしていいなら観光でもしたいけど、それはちょっとね」

それに、と少し声のトーンが落ちる。

「別に憎んで離れた家ってわけじゃないんだ。でも、もし訪ねて行って、この歳になって叱られたりしたらさすがに落ち込むよ。角も折っちゃってさ」

「そ、そうですよね。ごめんなさい、変なこと聞いちゃって。おやすみなさい」

パタンと扉を閉めても、まだかすかにリタチスタさんとバロウの会話が聞こえる。

「あーあ、まだ話し足りなかったんだけどねえ」

「お喋《しゃべ》り好きかよ」

「明らかにそうだよね？」

「いや知らねえよ。いつから？」

「バロウと知り合う前から」

「へえー。ところで魔族だっていうなら、今何歳なんだ？」

パコン、と何か叩《たた》くような音を最後に、二人の部屋の前から離れたので、途中から会話は聞こえなくなってしまったけれど、やはり二人の会話にはどこか、お互いへの信頼が感じられた。


翌朝、一番に目を覚ましたのはリタチスタさんで、私たちの部屋の扉を、跳ね返るほどの勢いで開けて目覚ましにしてくれた。

ギニシアまでの帰り道でも、上機嫌な時間が多かったように感じる。

そしてついに資料庫へ戻って来ると、扉を開けるなり、そこにいるとも分からないシズニさんへ、元気よく呼びかけた。

「ただいまシズニ、今帰ったよー！」

「えっ、あ、ああ。おかえり……？」

シズニさんも、リタチスタさんの上機嫌ぶりに若干、困惑していた。

「ええと、長旅で疲れてるかと思ったけど、ずいぶん元気だね」

魔族であると打ち明けたからなのだろうか。リタチスタさんは本当に、本当に明るかった。

「ああ、まあね！　元気がないよりいいだろう？　目当てのものが無事に見つかったんで気分がいいのさ」

今にも鼻歌を歌いそうなほどだった。リタチスタさんはそのまま二階へ行ってしまい、残されたシズニさんは、訳を問うようにバロウに目を向けたけれど、バロウは無言でとぼけた表情をして首を傾げた。


資料庫に戻って数日が経った。角さえあれば、すぐにでも合成石を作れるのかと思っていたが、その前に色々と調べる必要があるのだそうだ。

なにせ、魔族の角。念入りな調査が必要になるんだ、とは合成石を任されたギロさんの言葉。

コニーさんとラビアルさんは言い付けを守って、今日まで魔力の貯蔵に努めていたが、リタチスタさんに貯蔵量をチェックされた時にため息をかくそうともされなかったせいか、悔しそうに雄叫びを上げてから、今まで以上に、魔力貯蔵のための部屋にこもって出て来なくなった。

「君たち、ちょっとおいで」

物や道具の名前、位置の把握が出来るようになって、雑用が板についてきた私とカルデノ、カスミ。新たに配達されて来た魔力ポーションの入った箱を、コニーさんたちのこもる部屋へ運ぼうと、資料庫の入口でゴソゴソとやっている時、リタチスタさんがチョイチョイと手招きするので、荷物を一旦置いて、呼ばれるままにリタチスタさんの前に集まる。

「実はギロに頼んでいた合成石なんだけど、試作品が完成したから、ギロのところへ案内しようと思う」

「試作品ですか?」

「そう。もうレシピが決まりきってるものと違って、大まかなあたりをつけた後は、地道に目的の効果を持つ合成石に近づけていくしかない。今回は材料も限られた繊細な作業だから、ギロも慎重になってもっと日数を要するかと思ってただけに驚いてる」

「な、なるほど、とにかくギロさんは今、すごい作業をしてるんですね」

「そう。で、ちょっと頭に入れておいて欲しいことがあるんだけれど」

何だろうか、と少し身構える。

「今回の合成石を作るにあたって、どうしてもカエデに魔力がないって事実をかくしては進められなかった。他言無用でギロにだけ伝えているから、そのつもりで今後はギロと話して欲しい。それを伝えておきたくて」

「知られても問題ない相手だってことだな？」

難しい顔をしたカルデノが確認のため問うと、リタチスタさんは迷いなく頷《うなず》いた。

「そもそも信頼出来る人しか招いてないよ。安心していい」

「……そうか」

カルデノは、少し安心したようで眉間《みけん》の強張りが和らいだ。

「よし、じゃあギロのところへ行こうか」

「はい」

くるりと背中を向けて歩き出したリタチスタさんの後をついて行く。

「あ、角の詳細については口を滑らせずに、何が何でも話さないよう、常に緊張感を忘れないようにね」

釘を刺され、私たちはそろって首を縦に振った。

資料庫はそれなりに広い。その中で私たち雑用係が出入りするのは、割と決まりきった場所であることが多い。

今向かっているのはこれまでに入るのを許された覚えのない、存在すら知らなかった部屋のようで、木製の扉をリタチスタさんがノックして開ける。

中には他の部屋同様に、沢山の道具や色々な物があって、壁際なんて天井まで、様々な物を収納するための棚がほとんどを占めている。

「連れて来たよ」

「あ、こんにちは」

部屋の作業スペースと思われる場所でギロさんが机に向かって座っていたので、その背中に挨拶《あいさつ》する。

「ええ、こんにちは」

ギロさんは挨拶を返しながら、手に何か持って椅子から立ち上がった。

「ここは合成石を作るための部屋でして」

なんの部屋だろうと目が忙《せわ》しなく動くのを見抜かれたのか、まずそう言われた。

「魔族の角が本当に合成石の材料として成り立つのか調べたのですけど、ええまあこれが、魔法石と似ていまして」

「え？　角なのに、石なんですか？」

「そういうことになりますね」

言われれば魔族の角は、街で見る誰のものも美しく、目で見ただけでも、質感が石やガラスのようだと思ったのだった。

頭から石が生えてくる不思議に、そーっとリタチスタさんに目が向いてしまう。リタチスタさんは無言で、ちゃんと話を聞きなさいとでも言うように、ギロさんに向かって指をさした。

「黒い角と赤い角の二つを預けられたのですが、黒い角は魔力の吸収で、赤い角は魔力保管、と完全に割り切って合成しました。しかも同じ魔族の角同士であるため、合成石を作る際の相性も良いので、作業に没頭してしまいました」

楽しそうに笑って語った。

それにしても、リタチスタさんが妹であるルルリエの角を回収していたのは知っていたが、大切な形見ともいえるそれを、私のために使ってもよかったのだろうか。

今この場で聞くわけにもいかず、胸のあたりをムズムズさせながらギロさんの話の続きに集中する。

「なので試作としてはなかなかのものが出来たかと。これを使ってみていただけますか」

目の前に差し出されたのは、細いチェーンのペンダント。親指の爪ほどの楕円の石に、小さな穴が開いていて、そこに金具を通して吊るしている。

「わ、綺麗」

その色はリタチスタさんの角の色で、屋敷での一度目と同様、二度目も美しさに見とれてしまう。

「これを明日まで、肌身離さず持っていて下さい。まだ試作の段階なので、まずは狙《ねら》い通りの合成石になっているかを確かめる必要がありますから」

「はい、分かりました」

角の石のペンダントを身に着けて、改めてお礼を言う。

「突然呼び出して悪かったね。カエデたち、仕事の途中だったのに」

「そうだな。早く追加の魔力ポーションを運んでやった方がいい」

カルデノに言われて、そうだったと思い出す。

リタチスタさんが一緒に資料庫の入口まで来て、魔力ポーションの入った箱を共に運んでくれることになったので、コニーさんたちのいる部屋までのわずかな時間に、少し話をした。

「この合成石、妹さんの角も使って良かったんですか?」

「全然構わないよ。ギロに渡したのは一本だけだし。大切なものじゃないって言ったら嘘《うそ》だけど、役に立つなら、ただ保管したり眺めてるよりも使われた方がずっといいと思わない?」

「ん!、そうかも、ですかね」

形見の品だ。なんと返していいか分からず、曖昧《あいまい》な返答になってしまった。

カルデノが私のペンダントをひょいと、横から覗《のぞ》き込んできた。

「ところでその合成石、黒鉱と違うのは溜めた魔力が勝手に逃げないところだけか？」

「ああ、まあそうだね。これでカエデの体に魔力を持っておくための器官を追加したのと同じって言えば分かりやすいかな」

けれど完全に自分のものとは言えないので、この世界の住人のように自在に好きな時使うことは、当然ながら出来ない。

コニーさんたちのいる部屋へ箱を運んで私たちが顔を見せると、最初はお礼の言葉と笑顔があったのに、そこにリタチスタさんもいると気が付くや否や、あからさまに嫌悪して表情を歪《ゆが》めた。

「なんだその顔。失礼だなあ」

「リタチスタがいると集中出来ないんだよ。そっちは何気ない言葉のつもりでも、こっちはプライドをガリガリと簡単に削られてもう……。とにかく、その追加の魔力ポーションを置いたら用はないいんだよね？」

余程リタチスタさんに嫌味でも言われたのだろうか。

当人であるはずのリタチスタさんも、そこまで言われる心当たりはない、とばかりに首を傾げる。

「まあ用はないけど。なに、私そこまで嫌われてるの？」

「嫌いとかじゃなくて……」

「ところで、魔力込めるの遅くないかい？」

この言葉がリタチスタさんの口から出た途端に、コニーさんとラビアルさんは、ズン、と重たそうに肩を落とした。

「はあ……、毎日毎日、魔力を回復させては空にして、また回復させては空にして。なのにリタチスタには小馬鹿にされて、もう疲れた」

「まああそう言わず。後で別の仕事を君たちに任せるかもしれないから、それまでの辛抱だよ。息抜きにぐらいはなるだろう？」

「まず人をイラつかせる物言いをやめてくれよ」

「はいはい」

気が散る、と半ば追い出されるようにして部屋を後にする。

「あの……」

「なに？」

「コニーさんたちにはああ言ってましたけど、実際、他の仕事ってありそうなんですか？」

「今のところそんな予定はないよ」

「そ、そうですか」

嘘《うそ》も方便とは言うが、少しだけコニーさんたちが不憫《ふびん》に思えた。

「大丈夫だよ、息抜きくらい自分たちで出来ない奴らじゃないんだから。それより、今日君たちが頼まれてる用事ってあと何がある？」

「えーと、バロウに頼まれてるもので、持ち出した資料をシズニさんに返すのと、あとシズニさんからも消耗した道具整理の手伝いを頼まれてます」

私たちがこの資料庫に来てから嬉《うれ》しい忙しさで、賑《にぎ》やかになったと、シズニさんは喜んでいた。

研究所でなく資料庫としてあり方が変わってから、きっと、こんな風に毎日誰かが通うなんてことはなくなっていたんだろう。シズニさんが昔の賑わいを覚えているならなおさら、懐かしく感じられることだろう。

「ならシズニの手伝いが終わった後で、二階に来てくれるかな？　私からも頼みがあるんだ」

「はい、分かりました」

一緒に二階まで行き、バロウが持ち出すだけ持ち出して返却されずにいた、山積みの資料をカルデノと手分けして戻し、そのままシズニさんの手伝いも済ませる頃には、もう日没前になっていた。

魔法のことでは何も出来ず、任せきりで申し訳なく思っていたが、色々と自分にも手伝えることがあるのは喜ばしい。

たかが雑用と卑下しないでいられるのは、一つ一つ頼まれごとを終わらせる度に皆がお礼を言ってくれるから。自分のやっていることは、ちゃんと他人から感謝されるほど価値のある仕事なのだと自覚出来たから。

呼ばれていた通りにリタチスタさんのところへ向かう途中で、これから帰宅するというコニーさんたちと行き会ったので、お疲れさまですと挨拶《あいさつ》だけ交わす。

「遅くなりました。頼みたいことってなんでしょうか？」

扉をノックして研究室へ入る。

「ああ待ってたよ。今終わったのかい？」

「あ、はい一応」

「なら先に休憩しなよ。それからそこの机に積んである紙を、指示通りに分けて欲しいんだ」

と、リタチスタさんが指さした先には、向きも裏表もバラバラの紙が数十枚、束になって積まれており、少しでも振動を与えたら崩《くず》れてしまいそうになっている。

「分かりました」

「おーいバロウ、私たちも少し休憩しよう」

「ん、ああ」

リタチスタさんは部屋の奥でこちらに背を向けたまま、ひたすら壁に貼られた黒板へ、手に持った紙から何かを書き写す作業をしていた。

書き終わり、紙とチョークを手放してこちらへ来ると、リタチスタさんはカップとポットを用意して、四人分のお茶と、カスミのために用意してくれていたのだろう、小さなクッキーをくれた。嬉しそうに笑って受け取ると、カスミはテーブルに大人しく座った。

「悪いな」

バロウはさっそくお茶を一口飲んで、凝った肩をグルグル回す。

「そういえば、リタチスタさんはこの部屋以外でも結構見かけますけど、逆にバロウは、この部屋でしか見ない気がしますね」

「それ気のせいじゃないよ。バロウはほとんどここから動かないし、一方で私はコニーたちの様子を見たり、ギロからは合成石の相談が来たり、そもそも私は自分に出来る雑用もしてるから。バロウにはここで、完全に転移魔法に集中してもらってるんだ」

「なるほど……」

バロウが転移魔法の陣の作り直しに集中出来るよう、リタチスタさんはその他のことも請け負っていて、さらに私たちの雑用がその手助けになっている。

でもなあ、とバロウは少し困ったように肩をすくめる。

「何も不満ってほどじゃないしそこまで苦ではないけど、さすがにずっと同じ部屋で細かい作業だけしてると、体も頭も凝るよ」

「ずっとこんなところにいるんじゃ無理もないな」

そう言ってカルデノは研究室を見渡す。娯楽に繋《つな》がるものなどなに一つ置かれていないし、息抜きといえば、今飲んでいるお茶くらいのものだろうか。

お酒を飲むわけでもなさそうだし、私たちが資料庫に来て挨拶《あいさつ》する朝には、もうすでに作業を開始していて、帰った後も遅くまでその作業を続けている。

睡眠時間も少し削っているようだ、とシズニさんから聞いた。

リタチスタさんにも言えることだが、無理をして健康を損なう事態にならなければいいが。

「あ、今日進んだ分はそっちに書き留めといたから、リタチスタは後で確認してくれるか?」

「ん……」

バロウが指さすのは紐《ひも》で吊るされたノートで、黒板の横の壁に打たれた釘に引っかけてある。

リタチスタさんはそれを手に取って、椅子に戻ってからパラパラと中を確認する。

最初のうちはスムーズに文面を目で追っている様子が窺《うかが》えたが、次第にところどころで目が止まるようになり、小さく首を傾げた。

「バロウ、ここ、これなんだい？」

「どれ？」

ノートをバロウに見せて、気になる箇所をああだこうだと指さす。

「陣の範囲が広すぎる。これじゃあコニーたちが魔力の貯蔵に専念しててもいつまでかかるか。どうしてこんな広範囲なの？」

「ああ、言ってなかったっけか。普通の転移魔法なら範囲は本当に必要最低限でもいいけど、異世界間ってなると座標っていうのかな、発動場所がどうしてもズレるみたいなんだ」

「それはつまり、私が今座ってる場所で魔法を発動しようとしたのに、何歩か離れた場所で発動してしまうと、そういうこと？」

「そう。だからそもそも陣からして範囲を広げて、発動範囲を大きくする必要があるんだ。そうすると人一人分の範囲が数歩ズレる問題も、三十人分くらいの広範囲にしておけば数歩ズレてもさほど問題じゃないだろ」

確かに、と私も思い出すことがあった。

「アンレンでバロウが転移魔法を使った時、空にすごく大きな陣が広がってましたよね。私が帰る時にもあんなに大きな陣が必要になるってこと？」

あの時、空に広がっていた陣はアンレンという街がすっぽりと収まるほどの大きさで、何が起こるのかと恐怖を覚えた。

「お、あ……うん。そ、その時みたいに大きな陣が必要になる」

どうやらアンレンでの出来事は本人的には忘れたい過去のようだ。

妙な沈黙が数秒訪れ、カスミのかじったクッキーの砕ける音がサクッと鳴った。バロウはそれをゴホンと咳払いしてなかったことにし、再び口を開いた。

「さらに陣の中心を定めるために、中心と交差する位置に起点をいくつか置くのも重要になる」

その説明を聞いて、リタチスタさんは大袈裟《おおげさ》に納得して、パンと手を打ち鳴らした。

「アンレンで陣を分割して置いてたのは、そんな意味があったんだねえ」

「ん、んん、まあ、そう……」

会話の流れで、どうしてもアンレンでの出来事が出てくるのは仕方ないことだが、バロウは羞恥《しゅうち》からか、目の辺りを片手で押さえるようにしてかくしながら、小さな声で頷《うなず》く。

「アンレンで逃げようとして転移魔法を発動しかけた時のことも、今となれば参考になる経験だったわけか」

「……ああ」

首を絞められているかのような、か細い返事。

バロウは目元をかくしているので気づいていないようだが、バロウを見るリタチスタさんはニヤニヤした笑みを浮かべている。アンレンの名前を出しているのは故意だろう。

放っておいていいのだろうかと目でカルデノに訴えると、無言で首を左右に振ってみせる。

「………」

私もコクリと無言で頷いておいた。

「にしても、アンレンであのでっかい陣が見えた時は驚いたなあ」

「いやあの、もうそれわざとだろ」

「おや、何が？」

「アンレンでのことをそこまで話題にするのが、その……」

言い淀《よど》むバロウをリタチスタさんはただジッと、穴が開くほど見つめて動かない。

「俺ホント反省してるよ。勘弁してくれ……、ませんか」

だんだんと小さくなる声。リタチスタさんは無表情に近くピクリとも動かなかったが、最後にはニコッと笑って口を開いた。

「ま、今バロウを責めたところで話は進まないからね。それで、陣を大きくするだけで問題なくなるんだね？」

バロウはホッと胸を撫《な》で下ろし、再び魔法の話に戻る。

「俺は今話した理由で陣を大きくしたけど、結果的に、一度として俺の思った通りの効果を見せていない。成功とは言えない結果、カエデさんは発動場所のホノゴ山から大きくずれたリクフォニアで目を覚ましたんだよな」

「それはあまりよくないよねえ。魔力の消費量が莫大《ばくだい》だから、試験も一苦労だ。だからといって一発勝負なんて危なすぎる」

「そこはどうにもならないだろ。座標がズレる原因はずっと探してるけど、解決出来ないんだから。陣を大きくすることで何とか問題を回避して……」

「解決出来ないかは全ての可能性がなくなるまで断言すべきじゃない。回避するにしても魔力の消費量をもっと抑えられるはずだよ。先生だってそうしてたじゃないか」

二人はああでもないこうでもない、と転移魔法について議論し始め、私たちは置いてけぼりで口を挟むのもはばかられた。

こうも熱心だと、さっき頼みたいといわれていた紙の仕分けも、指示通りにして欲しいとのことだったので、先に手を付けることも出来ない。

これがただの雑談だったら中断してもらうことも出来たが、これからの方針にかかわる大切な議論だろうし。

「ああこれ、ただ座って話してても埒《らち》があかないね」

「だな。お互い何とか解決する方法を探ってみるか」

「それがいい」

　これはそろそろ一区切り付きそうだと察し、また話題がぶり返す前に、と声をかける。

「あ、あの、さっき言ってた仕分け、しようかなと思って。指示をお願い出来ますか？」

「あ、すまないね、分かった。ここいらで休憩終わろうか」

　指示されて仕分け作業に入ったが、リタチスタさんとバロウの二人はまだ先ほどの会話について悩んでいるようだった。

　上の空とまではいかないものの、どこか心ここにあらず。

　リタチスタさんの返事は一拍遅れているし、バロウは手にチョークを持って黒板に押し付けたまま、石像のように動かない。

　今日の分の雑用が終わって帰りの挨拶《あいさつ》を交わした際も、そろって二人共生返事のまま。

　資料庫を後にして、カルデノと歩きながら少し話した。

「大丈夫かな、リタチスタさんたち」

「大丈夫って？」

　空はすっかり暗くなったが、まだまだ街は人や明かりで賑《にぎ》やかだ。

「意見が食い違ったりしなきゃいいけどなあって」

　ああ、とカルデノは、先ほど休憩中に聞いた二人の話し合いを思い出したように納得した。

「大丈夫だと思うぞ。陣の作り直しはバロウが主体になって進んでるようだし、リタチスタはどちらかといえば、サポートに近い。バロウの方がカエデを帰すための転移魔法について理解が深いなら、リタチスタもバロウの意思を優先するだろう」

「んー、でも二人ともアルベルムさんのところで魔法について勉強してたわけでしょ？　その時の知識とかがお互いにあると、そうじゃないとか今まで通りだとダメだとか知識があるからこそ衝突の原因になったり、しそうだなと思って……。ほら、さっきの議論もリタチスタさんは少し納得出来てなかったみたいだから」

　確かに、気にするほどではなかったかもしれないし、私の気のせいかもしれないけれど、でもほんの少しだけ、険悪な空気を感じた気がしたのだ。

「二人とも大人だし、仮にカエデが心配した通りだとしても、喧嘩に発展する前に話し合いで済むと思うが」

　それに、リタチスタさんに至ってはバロウよりも年上だろうから、心にもその分余裕があるだろうと、そう思うことにしよう。

「だよね。ちょっと考えすぎちゃったみたい。それから気になってることがもう一つあるんだけど」

「カエデは心配ごとが多いな」

「あはは。うん、でもこれはずっと気にしてるんだよ。後藤さんのことなの」

「……ゴトーか」

王都の外、東の森で泉の妖精ラティさんと一緒にいる、死霊の後藤さん。

「うん。帰る方法が分かったところで、残念だけど後藤さんはもう亡くなってるから、せめて元の世界に帰る方法が見つかったってことだけでも、知らせたくて」

「そうだな。近いうちに一度、また会いに行こう」

「うん」

なんて話をした翌日。

挨拶《あいさつ》をしながら研究室へ向かっていると、カルデノが、んん？　と小さな声で唸《うな》るように呟《つぶや》き、変な顔をして通路の奥にある研究室の扉を見た。

「どうかした？」

「いや……」

カルデノの言葉が終わるより先に到着し、私は研究室の扉をノックして開けた。

カスミがいつものようにかくれていたココルカバンから出て、元気に飛び回るかと思ったら、何かを察したように、ピタリとカバンの横で静止する。

どうしたのだろうと思いつつ、中の二人に向けて挨拶する。

「おはようございます」

部屋の端と端で離れていたが、リタチスタさんとバロウがそろってこちらに顔を向ける。

「おはよう」

「おはよう」

同じタイミング、同じトーンで挨拶を返される。

形容しがたいが、いつもと雰囲気が違うことだけは肌で感じ取った。

「あ、あのー……」

何かありました？　なんて、尋ねていいんだろうか。私の声はあまりに小さかったのだろう。その後に続いた二人の声にかき消された。

「そうだカエデ……」

「カエデさんちょっと……」

完全に声が重なっていたので、リタチスタさんとバロウは一瞬、お互いの様子を窺《うかが》うようにチラッと目を合わせたが、瞬時にそらされる。

「今のは私の方が話しかけるのが早かったし、私が先かなあ」

「お前はいつも頼みごとが多いんだから、今日は俺を優先させてもらえないか」

「いやいやそれは違わないかい」

「違わない」

「違う」

もう肌で感じる違和感なんてレベルではない。私は少し大きめに声を張り上げた。

「あの！」

二人の声がピタリと止み、こちらに目が向く。

「ええと、もしかしてお二人、何かありましたね？」

「……」

「……」

部屋が沈黙で満ちる。

最初に口を開いたのは複雑な表情をしたリタチスタさんだった。

「実はさっき、転移魔法の作り方で昨日みたいに少し言い合ったんだ。今はちょっとお互いに機嫌が悪いだけだよ、すぐに戻るから」

次にバロウも申し訳なさそうに口を開いた。

「カエデさんに関係ないわけじゃないから、ちょっと説明しておくよ」

言い合いが白熱したのがつい先ほどのことだったらしく、私たちがここに近づいてくる足音を聞いて慌《あわ》てて取り繕《つくろ》ったので妙な空気になっていたらしい。なるほど、と入室前のカルデノの表情に納得した。

「昨日、休憩中に話してた通り、異世界間の転移魔法はどうしてか発動場所の座標がずれてしまうんだ。それというのも普通の転移魔法と違って、目的地点が明確に設置されている点ではなく、記憶の中の情報から引き出される曖昧《あいまい》なもので、それに伴って魔法の発動場所の座標にもブレが生じてるんだと思う」

「は、はあ……」

いまいち理解できていないが、こんなんで話を聞いてて平気だろうか。

「リタチスタが、陣を大きくするんじゃなくて、魔法の精度を上げるべきだって言ってて、それでちょっとした言い合いになったんだ」

「そうだったんですか」

二人が真剣に転移魔法について考えてくれているからこその言い合いだと思うと、なかなか、喧嘩《けんか》ですか？　と咎《とが》める気も起きない。

「言いたいことは分かるし、全くその方法がないとは言わないけれど、すすめられたもんじゃないし」

「え、でも方法が何かあるんですか？」

てっきり方法そのものが存在しないのだと思っていただけに、それならどうして、その方法を取らないのだろうと疑問に首を傾げる。

「……まあ」

バロウは妙に歯切れが悪くて、あまり口にしたくないようだった。

聞けば、バロウの推している陣を大きくする手段というのは、特殊な方法を必要としない代わりに、その大きな陣を満たすための莫大《ばくだい》な魔力を必要とする。一方、リタチスタさんの推す方法は、特殊な手段を必要とするものの、陣は小さく済むので、必要になる魔力が極限まで抑えられるのだそう。

その魔力の消費量の基準が分からないので聞いてみると、バロウはうーんと考え、出来るだけ分かりやすいように工夫して教えてくれる。

「仮にだけど、リタチスタの言う、陣の発動に必要な魔力を数値にして一〇〇だとすると、俺の言ってる広範囲の大きな陣を発動するのに必要な魔力は三〇〇〇とか、五〇〇〇とか、かな」

「じ、十倍以上も違うじゃないですか……」

「さらに言うなら、コニーたちがあんなに顔色悪くして必死になって、一日に溜められる魔力をその数値に当てはめるなら五とか、甘く見積もって一〇とかだよ」

リタチスタさんが口を挟む。

「ええ⁉　そ、そんなに……」

「単純に人手を増やせば魔力貯蔵のスピードは上がるけど、その分、ここで進めてる異世界間転移魔法のことが漏洩《ろうえい》してしまう確率が増す。最初は知ってる奴に片っ端から声をかけて協力を仰げば簡単に貯蔵出来ると思ってたけど、途中でダメだって気が付いて、結局、魔力貯蔵に向いててなおかつ信頼出来る奴をって呼ぶと決めたのが、コニーとラビアルなのさ」

　仮の数値にした時、一日に溜められる魔力が五とか一〇といっても、それで立派な速度と量なのだそうだ。

　つまりそれだけ、転移魔法というのは、沢山の魔力を消費するものなのだと。

「ならなおのこと、リタチスタさんの言う消費魔力の少ない作りの陣の方がいいんじゃないですか？」

　リタチスタさんの言っていた通り、何回も試験するなら魔力の消費量の少ない方が回転も速いし、結果的に効率的に思える。

「魔力の面だけ見ればね」

　バロウは難しそうに眉間《みけん》に皺《しわ》を寄せ、大きなため息をついた。

「でも、リタチスタのすすめる陣は特殊な手段が必要だって言ったよね？」

「あ、はい。確かに」

「それというのが、記憶の消費なんだ」

「記憶の、消費……？」

　記憶は頭の中にあるものだからなくなったり、消費することなんて、と考えていると、バロウが続きを話し始める。

「そう。文字通り、消費するんだ」

記憶を消費、だなんて言い方を普通はしない。

それだけで不穏なのが伝わる。

以前リタチスタさんが、記憶は豊富な情報、とは言っていたが、でも消費するようなことは言っていなかった。

「カエデさんの持つレシピ本だって、カエデさんの記憶を消費してるんだ」

「え⁉」

自然と胸の前で、ありもしない何かを守るように、ギュッと手を握りしめる。

「カエデさんの持つレシピ本がカエデさんにしか使えないのは、その本の持ち主がカエデさんだから。魔力がないからカエデさんを本人だと認識するために、その本を手に入れる直近の記憶を消費……、いや取り込んである。この世界に来るほんの少し前の記憶がなくなっていないかな？」

私は何度もコクコクと小刻みに頷《うなず》いた。

「ない、ないです。学校の制服を着てリュックを背負ってたから、登校中か下校中だったんだろうなって、ただそれだけで……」

直前の記憶がなかったのは、どこかで頭をぶつけたからとか、そんな理由ではなかった。レシピ本を手にしたからだったんだ。

「使えば該当する記憶はなくなる。文字通りの消費だ。それが出来るなら座標の固定が強固になるだろうと推測出来るよ」

「……。それ、使ってしまうって……、な、何の記憶を、どの程度思い出せなくなるんですか?」

「それは俺にも断言出来ない」

出来ないけど、とあごに手を当てて考える素振りをする。

「転移魔法に使うのは、転移魔法発動座標の固定のため。発動場所として、恐らくこの世界に来てからの記憶と、到着地点の向こうの世界の記憶が必要なのは確定だろうね。これはリタチスタの仮説だから実際に上手くいくかは分からないけど」

なら断定できない部分というのは、どの程度の記憶を消費するかだが、もしこの世界に来てからの記憶を全て失うなんてことにでもなるなら、リタチスタさんの推す方法は、残念ながら使いたくはない。

「私、望んでこの世界に来たんじゃないのは確かですけど、でも今までのこと、一つだって忘れたくはないんです」

もちろんリタチスタさんがすすめる理由も分かる。魔力の消費量が少なくて試験の回転が速ければ、沢山転移魔法を試してみることが出来るし、それだけリスクも少なくなる。

けれど天秤にかけるまでもないほど、私は今までの思い出が大切なのだ。

この世界を嫌っているわけじゃない。楽しくなかったわけじゃない。

忘れたいなんて思ってない。

元の世界に戻って、もしカルデノやカスミのことを忘れていたら、と考えるだけで胸が苦しくなる。

「だから、ごめんなさいリタチスタさん。リタチスタさんのすすめる方法はちょっと、私は使いたくありません」

「いや、いいんだ」

言いながらリタチスタさんは申し訳なさそうに眉間《みけん》に皺《しわ》を寄せる。

「効率ばかり考えて、馬鹿な提案をしてしまったみたい。すまなかったね」

「あとは、二人以上で転移魔法を使って、座標の情報を強固にする、とかかな。でもこれは、そもそも俺がこの世界に残るって選択をした時点で使いものにならない案だし……」

部屋はその声を最後に沈黙し、その場に居づらくなった私は、ふと昨日ギロさんから渡された合成石のペンダントの存在を思い出した。

「それじゃあ、私ギロさんのところに行きますね。合成石の結果を見てもらわないと」

「ああ、そうだね。あとで私にも結果を教えてね」

「はい」

部屋を出て扉を閉める直前、二人の疲れた顔が見えた。

カルデノと並んで廊下を歩きながら、ふう、と小さく息をつく。

「……驚いた」

「え？」

カルデノが呟《つぶや》いた。

「驚いた。記憶を消費するなどと言われて。カエデが私たちのことを忘れたとすると、それはとても寂しいし、悲しいからな」

「うん。私も、もし忘れでもしたら悲しいよ」

でも忘れてしまったら悲しいなんて感情も、湧いてこないんだろうか。

「忘れたことが分からなくて、悲しいことなのに分からないなんて、すごく寂しいよ」

昨日と同じ部屋にいたギロさんに合成石を返す。最初の試作品とあって、まだまだ作りが甘いらしい。

今日のこの結果を受けて再度合成石を作り直すらしく、それまで少し時間を下さいねと言われた。

先ほど疲れた顔のリタチスタさんとバロウを見たこともあり、すぐに研究室へ戻る気が起きなかった私は、そのまま一度、資料庫から出た。

カルデノは何も言わず私の行きたいように歩かせてくれて、どうしたとも聞いてこない。

資料庫の敷地をぐるっと一周したらそれなりに時間も潰《つぶ》せることだろうし、それから今日の仕事を始めよう。それくらいは許されるはず。

「そういえばさ」

「うん？」

「もうすぐ帰れるって、後藤さんに知らせに行かなきゃね」

「そうだな」

後藤さんは、帰る方法が見つかったと知って喜ぶだろうか。

「あれ、そういえば後藤さんって、どうやってこの世界に来たのかな」

バロウを見つけて今日まで、なんとか心に余裕が出来てきたのは、つい最近のこと。薄情だが後藤さんのことはすっかり頭から抜け落ちていた。

「考えられるのはカエデと同じ、バロウが転移魔法を使ってゴトーだけを呼び寄せる形になったってことじゃないか？」

「それ、バロウは知らないってことだよね？」

バロウは私がこの世界に来たことを知らなかった。

もし仮に、後藤さんがこの世界に来たのがバロウの使った転移魔法のせいだとしたら、後藤さんはバロウにその存在を知られないまま命を落とし、死霊になったということになる。

「バロウにゴトーのこと、伝えておいたほうがよくないか？」

カルデノの表情も苦々しい。

「やっぱりそうだよね」

私たちは散歩を中断してすぐ研究室へ戻った。

「ん、合成石はどうだった？」

結果が気になっていたのだろう、私が部屋に入るなりリタチスタさんは顔を上げて言った。

バロウは、静かに机に向かってペンを走らせている。

「まだ作りが甘くて、これから次を作るらしいです。リタチスタさんにはもっと詳しく説明すると言ってました」

「そう。なら昼時にでも行ってみようかな」

「それがいいかもしれませんね」

私はチラッとバロウに目を向けた。

「バロウに何か用事？」

「はい。でもずいぶん集中してるみたいだし、後にした方がいいですかね？」

「そんなことない」

リタチスタさんはツカツカとバロウの隣まで歩いて、声をかける代わりにコンコンと机をノックした。

「え、あ。なんだ？」

「カエデが用があるってさ」

「あ、ごめんね。なんの用だったかな？」

椅子の上で体をねじってこちらに目を向ける。

「あの、実は、王都の近くの森に、後藤さんという方がいまして」

「……ゴトー？」

日本人的響きの名前にバロウは首を傾げた。

やはりその名前に聞き覚えはないらしい。

「何年か前、王都近くで転移魔法を使っていませんか？　私の時と同じで、突然この世界にいたんだって話を聞いたんです」

「ちょ、ちょっと待って、待って……？　カエデさん以外にも、異世界から来た人がいるってこと……？」

バロウは頭を抱えてうつむいた。

「おい、おい初耳だよそんなの」

リタチスタさんも難しそうに表情を硬くしていた。

「なら、カエデと二人同時に帰さなきゃならないじゃないか。なんでもっと早く言わなかった？」

「す、すみませんでした……。最近自分のことで、いっぱいいっぱいで……」

いやいや怒ったわけじゃない、と慌《あわ》てて言われる。

「とにかく、今すぐそのなんとかって奴を連れて来よう。カエデと同じなら合成石の数も必要になる魔力も変わるし……」

「そ、そうだ座標情報だって変わってくる！　もしかしたら二人いれば完全な座標の固定が出来るかもしれない！」

バロウが興奮した様子で声を上げる。

「……、帰って来たらそれについて詳しく説明しておくれよ」

言いながら自分の荷物の準備をし始めたリタチスタさんを、私は慌てて止めた。

「あの！　後藤さんを連れてくるんですか？」

「んん？　そのつもりだけど」

「し、死霊なんですけど、問題ないですか？」

「はあ？」

二人は大きく目を見開いて声をそろえた。

「死霊だって？　カエデとカルデノは、話したの？」

私はコクリと頷《うなず》いた。

リタチスタさんは助けを求めるようにバロウへ目を向け、またバロウも言葉が出て来ないのか、口を薄く開いたまま動かない。

「あの……？」

後藤さんがすでに亡くなっていることについて言葉が出て来ないのか、それとも死霊と話してはいけない決まりなどがあるのか？

後者の可能性は低そうだが、バロウがなんとか言葉を発する。

「とにかく、そのゴトーさんにはここに来てもらえるよう、説得しなきゃならない。本来なら異世界間の転移魔法を作った俺が行くべきだろうが……」

「それはダメだ」

リタチスタさんが止める。

「バロウがここにいない間、作業が止まってしまう」

「それなら私たちだけで行けます。道も多分、覚えているはずですし」

「けど、相手は死霊だ」

「で、でも後藤さんは、普通の人です」

リタチスタさんは私の言葉を否定する。

「いいかい、死霊ってのは、死人の魂に魔力が影響を与える、つまり魔物と変わらないんだよ。人の魔物だ」

「ま、もの」

魔物がなんなのか、この世界に来てそう時間をおかない内に調べたことがあった。

魔力になんらかの影響を受けた動物のことを言い、凶暴性が増したり巨大化したり、と様々な変化を起こした個体。

何かの思い込みで、てっきり人には何の影響もないのだと思っていた。

それを言うと、リタチスタさんは小さく首を横に振った。

「私も詳しいわけじゃないけど、人が生きてる間に魔物になるなんて話は聞いたことはない。でも死霊はさして珍しくない。死んだ後は自我なんてないからさ」

「え……？　でも、後藤さんは……？」

「そこだよね」

とバロウが考え込むようにあごへ手を当てる。

「正直なところ、かなり不思議な状態だ」

「うん。もしかしたらカエデと同じく、魔力を持たないために影響を受けない可能性があるのかもしれないけど……。私が同行する。本来なら私もここから離れるべきじゃないけど、他に事情を知る者がいない以上は任せられないし」

いくら私とカルデノが、後藤さんは死霊とはいえ、なんの危険もないと訴えても、自分の目で見るまでは安心出来ない、と結局、リタチスタさんも森へ同行することとなった。

時間も、日が暮れるまではまだまだ時間がある。

すぐに行くよ、とリタチスタさんが率先して資料庫を出たため、私たちは急いでその後を追った。

森に来るのは久々だ。リタチスタさんの持つ荷台での移動方法に慣れてしまうと、王都からのこの距離を徒歩で行ったなんて信じられない。

主に道案内はカルデノとカスミの役目で、私はといえば、景色のどこかしらに転がった岩や坂道などを、そうそうこんな感じの所を通ったな、と徐々に思い出すだけだった。

「ちょっと聞いておきたいんだけれど」

「はい」

リタチスタさんが口を開く。

「その死霊になったゴトーって奴は、間違いなく会話が出来て、自我も保っていたんだよね？」

「はい。たまたま会話が嚙みあったとか、そう聞こえたとかの勘違いではなく、間違いありません」

木のウロを家にしていて、あとはラティという名の妖精の友達もいるとか、生活費を稼ぐためアモネネの蜜を売っていたとか。思い出せるかぎりの後藤さんに関することを、道中の時間で話した。

とはいっても、話題が尽きないほど後藤さんと親しかったわけでもないので、そこそこの時間が経過すると、話すこともなくなった。

けれどその中に、リタチスタさんの気になる内容があったらしい。

「その、何度も死んだと思ったけど死ななかったって話、本当かな」

「え、違うんでしょうか？」

「違うんでしょうかってねえ、だって一度失った命がそう簡単に取り戻せるなんて、カエデはそう思うかい？」

「思いませんけど、でも、本人も死んだと思うような怪我《けが》をしても生きてたって」

「それならどうして死霊になったんだ、って疑問は出てくるよね」

「それはもちろん、不思議に思わなかったわけじゃありません」

「だろう？　永遠の命ってわけじゃないが、死ななかったか。うーん、気になるね」

「そろそろ着くぞ」

カルデノが、目的の妖精の泉が近づいたことを、前方を指さして知らせる。

「ここが妖精の泉？」

途端に開けた土地に出ると、変わらず見覚えのある泉があった。

「へえ、こんなところにこんな場所があるなんて知らなかったなあ」

カスミはラティさんの居る泉を目がけてまっすぐ飛び出し、泉の中からラティさんを引っ張り出して来た。

「お久しぶりですラティさ……」

「そっ、その女はなんだ！　禍々《まがまが》しい、まるで魔物ではないか！」

ラティさんは私の挨拶《あいさつ》など耳に入っていないようで、恐怖を浮かべた表情でリタチスタさんを睨《にら》みつけて力強く指さした。

「魔族と見抜くならいざ知らず、魔物呼ばわりは生まれて初めての経験だ。未知の経験をありがとう」

嫌味のつもりの礼なのだろう、リタチスタさんはニコリともしなかった。

「ラティさん、そんな言い方やめて下さい。この人はリタチスタさんです。魔物じゃありません、魔族です」

ラティさんの魔物呼ばわりは私も許せなかった。魔物というのは、今まで出くわしたことのある大きな狼や、イノシシ、あとは散々、私を怖がらせた巨大イモムシなんかのことで、それと同等の扱いをされたのは不愉快でしかなかった。

それにリタチスタさんは、自分が魔族であるが故の苦悩も打ち明けてくれていた。きっとこんな風に指をさされて周囲と馴染《なじ》めないことを、今も恐れているはず。

私の言葉がどれほどリタチスタさんの盾になれるかは分からないけれど、ただ黙って見ていることは出来なかった。

「…………す、すまなかった。深く、考えもせず……」

ラティさんの顔色は真っ青で、けれど私の言葉のせいでこうなったのではない。

視線をリタチスタさんからそらせないようで、カスミが背中をさすっていた。

「まあ、仕方ないのかもしれないね。カスミも最初は私を怖がっていたし」

「あ、そういえば……」

カスミも今でこそリタチスタさんに慣れて平気で顔を見せたり近くを飛び回ったり、仲良さげに会話する姿を見たりもするけれど、そんな風になるまでずいぶん時間がかかったのだった。

魔族には、魔族にしかない独特の雰囲気があるのだろうか。

「妖精は、他人の魔力や機微に聡《さと》い種族なのかな」

機微に聡いと言うならば、カスミとの出会いもそうだ。臆病で人前に滅多に姿を現さないのが妖精なら、私の前に出て来てくれたカスミは、短時間で私に危険がないと察したか、あるいは勇敢な気質を持ち合わせていたか。

私よりよっぽど勇敢ではあるだろうけれど、やすやすと誰にでも姿を見せる性格ではない。

それを思えばリタチスタさんの言う通り、妖精が魔力や機微に聡い種族だというのが正しい気がする。

コホン、とラティさんが咳払いした。

「その、久しいな。今日はどうした？」

まだ顔色はよくないし、リタチスタさんへの警戒も完全には解けていないものの、声の調子は以前と変わりなく聞こえる。

「はい、それがちょっと後藤さんに用があって。今どこにいるか分かりますか？　今日は一緒じゃないみたいですし」

「ゴトーか。その辺の散歩でもしていると思うぞ。今日はまだ見ておらんな」

「え、そうなんですか？」

てっきり、いつも二人一緒にいるんだと思っていた。

考えを見透かされたようで、気にくわない表情でラティさんの眉の片方がクン、と吊り上がった。

「当たり前だ。以前もずっと一緒だったわけではなかっただろうに。気になるなら探し回ればいいだろう」

それもそうだ、と肝心の後藤さんを探すために泉から去ろうとすると、カルデノが私の服の袖を掴《つか》んで引き留めた。

「言わなくていいのか、ゴトーには一緒に王都へ来てもらうってこと」

「ゴトーがなんだと？」

当然、小声で話していたわけではないカルデノの声は、ラティさんの耳にも届いていた。

「ええとその、後藤さんにはちょっと、王都へ来てもらう用事があって」

「それは今聞いて理解している。その理由が何なのかと問うているのだ」

理由を問い詰めるラティさんにはどこか焦りが滲《にじ》んでいる。無意識なのか両手は固く拳を握っている。

「理由が、ですね……」

素直に元の世界に帰る方法だと言っていいのか。助けを求めるようにリタチスタさんへ目配せする。

するとリタチスタさんは私の言葉を引き継ぐように、ラティさんへ説明を始めた。

「少し確認なんだけれど、ゴトーは友人なんだって？　カエデに聞いたよ」

「そうだな。友と呼べる間柄であろう」

「ならそのゴトーが死霊なのは理解しているかな？」

「う、む……」

どうも歯切れが悪いものの、ラティさんは素直に頷《うなず》く。

「じゃあ、友人と呼べる間柄を維持出来るような、自我と理性を持った死霊が大変珍しいということは理解してるかい？」

「……」

返答はなく、無言だった。

「やはり」

かと思うと、不安そうに口を開く。

「やはりゴトーはどこか、存在がおかしいのか？」

私は、死霊というのは感覚的に怪談に出てくる幽霊と同じだと思っていた。それが魔物と変わらないと言われ、そしてラティさんの表情を見て、嫌でも納得した。

変、としか言いようがないのだ。

死霊となり、それでも生前と変わらない人間らしさを持っていることが、そもそもおかしい。

リタチスタさんとラティさんの会話が進む内、少し思い出すことがあって、カルデノの腕をトントンと叩《たた》いて意識をこちらへ向けてもらう。

「なんだ？」

「そういえばカルデノも、初めて後藤さんを遠目で見た時、死霊だからへたに興味を持たれないようにしようって言ってたよね」

「ああ」

「それって、やっぱり危ないからって理由で？」

「そうだな。それなのにゴトーがあんまり普通に喋《しゃべ》って、普通に過ごしてるから、私の知識が誤っていたと思っていたんだが……」

言いながら、カルデノと私は二人の未だに続く会話に注意を向ける。

「どうやらゴトーが特別変わった死霊だったようだな」

「そんなわけだから、ゴトーには一度王都へ来てもらって、どうしてなのか原因を探りたいんだ」

この理由は建前だろうから本当に原因を探ったりはしないだろうが、リタチスタさん自身、気になっているようだ。

「つ、連れて行くのか、ゴトーを」

ラティさんは今にも泣き出しそうなのを我慢しているのか、口にクッと力が入る。

カスミもつられたのか、一緒に悲しそうに眉間《みけん》に皺《しわ》を寄せる。

ラティさんは妖精で、それに加えて、人があまり来ないようなこんな森の奥に一人。

後藤さんが現れるまでは、それで良かったのかもしれない。

しかし今となっては、自分以外の誰かがいて、その誰かと笑い合って楽しい時間を過ごせば、もう失い難い存在になっているだろう。

後藤さんは、自分が別の世界から来たのだと、冗談として受け止めるラティさんへ話していたらしいが、それなら本当のことを話してもいいんじゃないだろうか。

と、そこまで考えて、ダメだ、と考えが行き詰まった。

どっちにしたって後藤さんはここを離れるのだ、なんの慰めにもならない。

「あ、そうだ、もう一つ聞きたいことがあったんだった」

傷心のラティさんの感情を置き去りに、リタチスタさんは人差し指をピッと立てた。

「ゴトー、何度死んでも死ななかったって話も聞いたんだけど、知ってた？」

そう問いかけられると、ラティさんは重大な事実を突きつけられたように生唾《なまつば》を飲み込んだ。

「どうだった？　知っていたのかい？」

「そ、そうだな。知って……いた」

ラティさんの様子がおかしい。何かあったのかわけを聞こうとした時、聞き覚えのある男性の声がした。

「あれ、カエデちゃんだよね？　久しぶりだ！」

元気だった～？　と明るい笑顔でその場に現れたのは、後藤さん。しかし、この場の雰囲気には場違いに思え、返した笑顔がぎこちないものになる。

「ど、どうもお久しぶりです」

「あ、こちらの方は？」

とリタチスタさんを手のひらでさした。

「リタチスタさん、です。ええと、私たちがとてもお世話になってる人で」

リタチスタさんは後藤さんを目の前にして、驚きをかくせずにいた。

話に聞いただけでは信じられなかったのだろう。けれど、目の前で姿を見たとなれば別。すぐに笑顔を取り繕《つくろ》った。

「初めましてだね。カエデから紹介があったけど、私はリタチスタ。君がゴトーだね？」

「えっ、あ、うん、はい……？」

私たちの顔は知っていてもリタチスタさんとは初対面で、そのリタチスタさんからいきなり親しげに話しかけられたことで、後藤さんは不思議そうにしつつも、愛想良く笑顔をみせる。

「カエデから君の話を聞いてね、ちょっと一緒に一度、王都に来て欲しい」

「話かなんかかな？　ならここでも出来るじゃないですか？　長距離移動って疲れるし、出来るならここで済ませたいなあ」

「疲れるのかい？　その死霊の体で」

「まあ、気分の問題もありますけど。それにほら、ラティが寂しがっちゃうんで」

な？　と問われたラティさん。そんなことないと、てっきり強気で言い返すかと思ったが、無言で素直にコクンと頷《うなず》いただけだった。

「……元の世界へ帰れる方法が見つかった。今は帰るために使う転移魔法の調整中で、そして君をこの世界に連れてきた奴もすでに見つけている。会う気はない？」

「は、は？　え何……」

先ほどは建前をラティさんに語ったくせに、リタチスタさんは躊躇《ちゅうちょ》なく、本当の情報を後藤さんに伝えた。

当然だが後藤さんは戸惑い、真偽の確認のためか私へ目を向ける。

「ほ、本当に？　本当に帰れるようになったの？」

「は、はい。本当です」

一瞬は嬉《うれ》しそうに目を輝かせたが、その華やいだ表情はすぐに陰った。

「でも、俺もう、死んでるし」

「後藤さん……」

何か言葉をかけたいと思い、名前を口にしたけれど、何も言葉がみつからなかった。

それどころか、後藤さんの方から、無理に笑って私を気遣う素振りまでみせる。

「いや、カエデちゃんだけでも帰れる方法が見つかったって聞いて嬉しいよ。けどもう俺には無関係なのかな、と」

言いながら泉のふちに腰を下ろし、ラティさんは後藤さんに近づく。今の会話に、別の世界の話が出ても疑問に思っていないところをみると、ラティさんは、後藤さんから冗談抜きに話を聞いているようだ。

「別に君は帰らなくていい。ただカエデが元の世界に帰る手助けを頼めないかな」

「？　俺に何か手伝えることがあるの？　俺、死んでるけど」

「あるよ」

リタチスタさんは人差し指で後藤さんを指さした。

「私が主体の内容じゃないんで定かじゃないのが申し訳ないんだけど、カエデと同じ世界から来た人が丁度、もう一人必要だったんだ」

「は、はあ……、それが俺？」

バロウが三つ目の案として、もう一人いれば、なんて言っていた。リタチスタさんはそれを思い出してか、乗り気でない後藤さんの説得をしてくれる。

「そう。転移魔法には記憶の情報が必要になる。その情報は多ければ多いほど正確だ。一人より二人、二人より三人と。詳しい話は王都にいるバロウって奴から聞いてもらわないと何とも言えないんだけど」

だからお願い出来ないだろうか、決して無理強いしないから、と穏やかな雰囲気で語る。

「カエデちゃんが困ってるなら、うん、手伝いにくらいは行こうかな。役に立てるなら嬉《うれ》しいし」

私はほっと胸を撫《な》で下ろした。

私だけ無事に帰れることで、後藤さんとの話し合いがこじれたり、関係が悪くなったりしないかを心配していた。

「ダ、ダメだ」

そう思っていたが、ラティさんが震える声と共に左右に首を振った。

「え、どうしたの？」

後藤さんは様子のおかしいラティさんに体ごと振り返る。

「い、行くのか？　森から出るのか？」

「そうだよ。だって出ないと王都には行けないし」

ラティさんには、何か、後藤さんにここを離れて欲しくない理由があるのだろう。言動こそ静かだが、どこか必死だ。

「……死霊の体では怯《おび》えられるだろうし、環境が違えば消滅してしまうやもしれん。それに、そこの魔族の女が、死霊であるにもかかわらず自我を保つ原因が知りたいなどと言った。一体どんな目に遭うか。危険ではないか」

もっともらしい理由を今付け足したかのように語るが、後藤さんは困ったな、と小さな声で呟《つぶや》く。

「心配はいらない。ちゃんとここに帰すさ」

ラティさんの不安を取り除こうと、リタチスタさんはラティさんの挙げた理由を指折り数える。

「死霊であろうと誰にも危害を加えさせないし、踏み込んだだけで消滅する、なんてとんでもない聖地は王都にもないだろうし、それに私だって自我を持った奴に恐怖を植え付けるような真似はしない。なんなら私のことはカエデに監視でもしてもらおう。どうだい？」

これで、ラティさんの不安はすべてなくなったはずだ。しかしやはり、表情は浮かないまま。

後藤さんはよいしょと立ち上がり、私たちの方へ一歩距離を縮める。

「どんくらいかかるか分かんないけど、ちゃんと戻ってくるって」

「ゴ、ゴトー……」

後藤さんに向けられるラティさんの眼差しはとても寂しそうで、うっすらと涙も確認出来た。

「大丈夫だって。そうだ、お礼に何か、ラティにお土産を買ってもらうから。いつもの散歩と変わらないよ」

何も納得していないのだろう、ラティさんは無言だった。もう何も反対する言葉が見つからないとも言えた。

ラティさんが静かに泉の中へ落ちるように姿を消すと、リタチスタさんは歩き出した。

「行くよ、ついて来てくれるかい」

「ああ、はい」

後藤さんはゆっくりとリタチスタさんの背中を追いながら歩き出したが、それでもしつこいくらいに顔を泉の方へ向けて、やがて、前を見据えた。

歩き出して数分は、全員が口を開かず静かだったが、ふと、リタチスタさんが後藤さんに質問を投げかけた。

「ラティというあの妖精は、いつもああなのかい？」

「ああって？」

「例えば君が散歩に出かけただけで、あんな風に離れることを不安に思ったり、渋ったり、理由を付けて引き留めたり」

いやいやまさか！　と後藤さんはすぐさまリタチスタさんの言葉を否定した。

「ラティがあんな顔するなんて初めてで、ちょっと、……いや、かなり戸惑ったというのが正直な感想で」

「あんなに引き留めた割に、見送りもしないのが不思議だな」

カルデノが言う。

私もそこは同じく不思議に思ったが、自分の意見や意思を尊重されなかったために、ただヘソを曲げたのだと取れないこともない。

「まあでもほら、過保護にされてたのかも」

「そうだといいね」

「多分そうだと思いますけどねえ」

後藤さんは敬語混じりながら、気楽にリタチスタさんと会話が出来ている。どうしてあんなにラティは怯《おび》えていたのだろうか、理由を説明する際の魔族のくだりでも、前提の知識に乏しいために、意外と時間を食ってしまった。

だから実際には何ごともないだろうと思っていた。

けれど、森の奥を抜けるにつれ、後藤さんに異変が現れ始めた。

最初は口数が減って、次に歩みが遅くなり、とうとう、立ち止まってしまった。

「大丈夫ですか？　どうしました？」

あまり調子がよくなさそうだが、死霊であるため触れられない。しゃがみこんでしまった、その背中をさすることも出来ない。

「なんか、おかしいな。死んでから体調不良なんて無縁だったのに」

「…………」

何か考えるようにあごに手を当てたリタチスタさん。

「君、死霊になってから散歩はいつもしてるのかい？」

「え、散歩？」

今どうしてそんな質問を？　と後藤さんが聞き返すも、いいから、と回答を促される。

「してましたよ。日課ってほどじゃないけど、四六時中ラティに話し相手になってもらっても向こうが疲れるだろうし、だから、森の変化を見て楽しんだりとか、割と」

「じゃあこれまでの散歩で、こんなに泉から離れたことはある？」

「死んでから？」

「そう」

ええと、と少し思い出すような素振り。

「いや、なかったかな。あんまり人の目に触れると怖がらせるから、森の奥にいることが多くて」

「そう……」

リタチスタさんは何か心当たりがあるのか、指先でチョイチョイとすくい上げるような動きで、立って、と指示を出す。

その指示通り、後藤さんは少しつらそうだが、素直によいしょと立ち上がった。

「よし、一度泉へ戻ろう」

「ええ⁉　ここまで来て⁉」

いの一番に文句を漏らしたのは後藤さんだった。

「仕方ないだろう、君がつらそうなんだから」

「いやあ、でも割と森の外に出るのは楽しみにしてたんですけどね」

言いながら、その目は森の外の方角へ向いていた。

もうずいぶんと歩いてきた。あと数十メートルも進めば、もっと木々の本数も減り、人が歩いて自然と道になった場所に出る。それなのにここから戻るのか、と心底残念がっている。

「それならなおさら、泉に戻ってその謎の体調不良の原因を探った方がいい」

「え、原因？　風邪とか？」

「ははは、死霊が風邪とは面白い冗談だね」

「え、あっ」

どうやら後藤さんは、本気で風邪を疑ったらしい。

死んでるのに風邪なんてあるもんか、と恥ずかしそうにコホン、と小さな咳払いをしてごまかした。

リタチスタさんの指示通りに泉の方へ引き返し始めると、今度は先ほどとは逆に、次第に後藤さんの体調は良くなり、泉に到着する頃にはすっかり元気になった。

「なんでだろ」

「不思議ですね。体調が崩《くず》れない今の内に、また森から出た方がいいんじゃないですか？」

けれどリタチスタさんに否定された。

「いいやカエデ、さっきも言ったけど、あれは風邪みたいな体調不良じゃない。風邪なんて死霊とは無縁だ。つまり確実に、原因は他にある」

「他ですか？」

なんだろう、と腕を組んで考えてみる。

もう死んでしまっているのに体調不良になる原因。森の外へ向かうほど不調になり、泉へ戻るほど、つまり森の奥へ来るほどまた元気に。

「もしかして、日光に当たるとダメになってしまうとか」

「ええっ、俺、日に当たると浄化されちゃうのかな」

案外あり得るのでは、と答えを求めるようにリタチスタさんを振り返ると、面白そうに、いや、笑いをこらえるように口元へ手を添えていた。

「今回は全く関係ないだろうけど、その発想はいいと思う」

「褒《ほ》めてますか？」

「さあっ、それで私たちよりよっぽど死霊に詳しそうなのが、泉にかくれているわけだよ」

私の言葉をまるっきり無視し、リタチスタさんは泉のすぐそばへ屈んで水面を数回叩《たた》いた。

恐らく扉をノックするのと似た感覚。

ラティさんはすぐに顔をみせた。本当に顔だけ。泉の水面から、生首みたいに本当に顔だけ出してみせた。

「やあ、また会ったね」

リタチスタさんへの恐怖心が抜けないのか、その表情は相も変わらず険しい。

「実はゴトーを連れて森の外へ出ようとしたんだけど、途中でゴトーが体調不良になってしまってね。死霊のゴトーがだ」

「……そうか。災難だったなゴトー」

リタチスタさんの後ろに立っている後藤さんに言う。

「で、死霊が風邪ひくわけもないし、何か原因に心当たりはないかなと思って、君に聞いてるわけだよ」

「ワシが何を知っていると？」

「んんー。少なくともゴトーと一緒にいる時間は長いんだし、その分だけ、死霊について詳しいんじゃないかなあ？」

私たちはリタチスタさんの後ろにいるので、生憎《あいにく》リタチスタさんの表情は分からないけれど、ラティさんの険しい表情には不機嫌も混じっていた。なんとなく意地悪な笑顔のリタチスタさんを想像した。

ラティさんは一向に何かを語る素振りもなく、それを見て何か思うところがあるのか、後藤さんがリタチスタさんの隣に並んでしゃがみこんだ。

「なあラティ、何か知ってるなら教えてくれないか？」

「…………」

「否定しないってことは、やっぱり何か知ってるのかな？」

「…………」

ラティさんは無言だった。けれどリタチスタさんへ向けられていたのとは違う感情があるのは火を見るよりも明らかで、もう少しで何か、口を開きそうだった。

「俺は死んでるけど、カエデちゃんが元の世界に帰る手助けが出来るらしいから、手伝いをしたいんだ。だから頼むよ。知ってることを教えて欲しい」

「……怒らないか？」

貝のように固かったラティさんの口が開いた。

「怒らない怒らない！　俺がラティに怒ったこと、今まで一度でもあったか？」

「ない、なかったな」

「だろ？　だから今回だって、いつもと同じ。何言われても怒らないって」

安心させるように極力優しい態度で接すると、ラティさんの表情もほぐれてきた。

水面から出て来て泉のふちへ立つと、丁度それが小さな岩の上で、まるで演説台の上に立ったようだ。

「まずはともかく、ゴトーが消えなくて良かった」

「え？　うん。え……っと、俺、消えるところだった？」

「そうだな。体調不良とやらを無視して森から離れていれば、どこかしらできっと消えていただろう」

「それはその、どうして？」

驚いたのは私だけではなかった。後藤さん本人でさえ、ラティさんを凝視する。

「消えるだって？」

あごに手を当てて考え込むリタチスタさんへ、視線が集まる。

恐らく死霊について知識があるのは、この中でいうならリタチスタさんとラティさんの二人だけ。

「今ワシが話しているゴトーの消滅については、ただの死霊とは少し違うのだ」

その、と言い淀《よど》む。

「大丈夫、言ってみて」

後藤さんに背中を押され、ラティさんは一度生唾《なまつば》を飲み込む。

「ゴトーは、ワシが死霊にしたのだ」

え、と声を漏らしたのは誰だろうか。

死霊にした？　ラティさんが？

「す、すまないとは、思っているのだ。だが……」

「お、俺、ラティに殺され、たの……？」

今にも泣き出しそうなほどの衝撃を受け、後藤さんは声も手も震えていた。

「ちっ、違う！」

ラティさんは怒りをあらわに目を見開き、小さな体のどこから発したのかと問いたくなるほどの声量で怒鳴った。

「違う違う違う！　ワシがお前を殺すものか！」

拳で後藤さんを殴りつけたが実体を持たず当たるはずもなく、勢い余ってコロリと地面に転がる。

「お前が、お前が何も言わず死んでしまうからだ！」

転がった体を起こしながらズバリ、後藤さんを指さし、さされた後藤さんは、ええ⁉と驚いたように声を上げた。

「お、俺のせい？」

「そうだ！」

「そうだと言われても……」

「ワシがどれほどお前のために心を砕いたか、知らんだろう」

私たちのことなどお構いなしに、二人の会話が進む。

「そりゃ、全部が全部把握しきれてるわけじゃないけど、でもそれでも、ラティの親切は理解してるつもりだよ……」

あれも、これも、それも、あんな風なのも、こうでもあった、と後藤さんは指折り数えた。

それでもラティさんの不服そうな態度は変わらず、後藤さんを困らせた。

「お前があまりにも弱々しいから、ワシは毎日毎日、守りをくれてやっていただろう」

「守り？　守りって？」

「ほら、理解しておらんではないか……」

すねたように片手を後藤さんに差し出した。

「？　握手？」

「違う」

小さな手のひらの上に水が生まれ、それがクルクルと形を変えながら次第に輪を描き、丁度、指輪のような形に留まった。

「あ、これ」

どうやら見覚えがあるようで、後藤さんはポンと手を打った。

「くれてやるって、どっかでなくす度にプレゼントしてくれた綺麗な指輪だよな？　これ

が守り？」

「毛ほども気づいていなかったとはあきれてものも言えん。なくしたのではない。命を失うほどの怪我《けが》を治す度、壊れていたのだ」

「へっ？」

後藤さんがすっとんきょうな声を上げるのと同時に、ラティさんは指輪をガラクタみたいに地面に投げ捨てた。

水で出来ているとばかり思っていた指輪は、しっかりと形を保ったまま転がり、それをリタチスタさんは拾い上げると、マジマジと観察した。

「……なるほど、よく店に売っている身代わりのブレスレットのように、条件次第で自動的に発動する道具といったところか」

「欲しいならくれてやる。好きに持って行け」

「ならお言葉に甘えて頂戴するよ。妖精の水で出来た道具なんて、珍しくて転がしておけない」

嬉《うれ》しそうに指輪を自分の荷物にしまい込む。

「珍しいの？」

後藤さんがリタチスタさんに聞いた。

「珍しいねえ。妖精の水がそもそも妖精にしか作り出せないのに、さらにこの道具への変換。いくら妖精といえど、こんなことが出来るなんて、ごくごく一部の存在じゃないのかい？」

褒《ほ》められたというのに、ラティさんはうんざりしたように小さなため息をついた。

「お前が思うほど珍しいものではない。妖精以外が目にする機会が少ないだけのことだろうよ」

「ふうん？　少なくともカスミに出来るとは思えないけど」

チラリとリタチスタさんの視線が、カスミに向く。

ブンブンと首を横に振って否定する。

「むり。できない」

「だそうだけど？」

「妖精全員とも言っておらんだろう」

少なくともカスミが持ち得ない技術のようだ。

「ええと、それで後藤さんが亡くなったのは、たまたまその指輪を持っていない日があったからですか？」

「そうだ」

その日のことを思い出すように目を伏せる。

「いつもワシのところへ来てから、その後で好きに歩き回っておったというのに、あの日に限ってゴトーは、朝の挨拶《あいさつ》もなしにフラフラ散歩へ出かけた」

後藤さんはそれまで、朝はいつもラティさんに挨拶してから一日を始めるような生活だったらしく、ラティさんの作った指輪もその時に確認して、なくなっていれば新たに渡すようにしていたので問題なかったそうだ。

けれど、その日は違った。後藤さんは覚えていないらしいが、きっとたまたま、そんな気分だっただけだろう、とは本人の話。

「それでいつまでも顔を見せないから、ワシが自ら探し回ったのだ。そしたら、そしたら……」

「そしたら俺、死んでたの？」

ラティさんはコクリと頷《うなず》いて肯定した。

「以前、コケが多く滑りやすいと教えた場所だった」

「は？　あ、あそこ……？」

後藤さんの声が震えていた。

「もしかして、転んで？」

「そうだ」

転んで頭を強打。ラティさんが見つけた時には、すでに冷たくなっていた。

「ワシは悲しかった。なにせ、初めて出来た話し相手がいなくなったものだから」

それが、ラティさんが先ほど言っていた、後藤さんを死霊にしたという話に繋《つな》がるのだろう。

「死ぬのは突然だ。別れの言葉を交わすなど無理なのは分かっていたが、それでもゴトーにはワシのそばにいて欲しかった」

死霊は、リタチスタさんが言っていた通りの魔物。魔力に影響を与える作用が自然発生的に起こるが、ラティさんの場合はそうではないようだった。

「ゴトーに魔力で影響を与えたのだ。何せ魔力量が無に等しいのでな」

私と同じであるなら、無に等しいのではなく確実な無だが、当時のラティさんにはそんな理解の及ばない事実、知る由もない。

「魔力がなく、抵抗感なくすんなりと死霊になった」

「なるほど……」

うんうん、とリタチスタさんだけが一人深く頷《うなず》いて何かに納得しているので、私はどういう意味かと説明を求めた。

「いやほら、魔力がないから抵抗もないって話、これが私にも心当たりがあってね」

「心当たりですか」

「そう、君だよカエデ」

と、言われても一体何のことやら分からず、返事も出来ない。

「あんまり言いたくないけど、私と偶然カフカで行き会ったの、本当に偶然だと思ってた?」

カフカのリアルールへおつかいに行った時のことだ。

「え、ええまあ、はい。……だってそうとしか考えられないじゃないですか? リタチスタさんが心当たりがあるって言ってたバロウの家の近くならいざ知らず、お使いを頼まれた離れた街でしたし」

「だよねえ。けど違うんだ」

形だけ申し訳なさそうに眉尻を下げ、小刻みに首を横に振る。

「カエデの目を通して、色々見てたんだよ」

「………目?」

無意識に右の瞼《まぶた》らへんにそっと触れてみた。

やはり何もない。

私の目を通してという、その意味が理解出来ない。

「本来なら小さな鳥や、虫とか、そんな魔力の抵抗の少ない小さな生き物にだけ使える魔法がある。視界の共有なんだけれど」

「え………」

「うわ……」

私とカルデノの声が重なる。

いつからだろう、私の視界に映る全てがリタチスタさんに筒抜けだったのかと思うと、気分が悪くて自分でも表情が歪《ゆが》んでいくのが分かる。

「いや待って待って待って、違う、違うよ君たち絶対に誤解してるから！」

「誤解ってなんだ、カエデの視界を盗み見てたんだろう。個人の権利を無視してる」

カルデノのリタチスタさんに向けられた眼差しの冷たさときたら、今まで見たことがないほどに蔑《さげす》んだものだった。

「否定はそりゃあ出来ないけど、あ、うん。まずは謝罪させてくれ、すまなかった」

カルデノの言葉を重く受け止めたのか、つい先ほどまでと違い、本当に申し訳なさそうに腿の横で拳を作り、少しだけ頭を下げる。

「今はもうやっていないんですよね？」

「当然！　視界を共有する趣味があったんじゃなくて、あの時は、バロウを探すためにやったことなんだ。だからもう二度と勝手なことはしないよ」

本当にすまない、と再度謝罪される。

確かにバロウを探していた時、バロウと再会してからのリタチスタさんからは、なりふり構っていられないような雰囲気を感じていた。

その姿を思い出すと、私と同じく必死だったんだろうと共感する部分もあった。

すっかり許せたわけではないが、それでも多少は……、と渋々納得する形で謝罪を受け入れた。

「それで……、話の続きをいいかな？　魔力の抵抗の話だったんだけれど」

そういえばそんな話題から謝罪にまでそれたのだった。

ご機嫌をうかがう視線にどうぞと言葉で返すと、ほっとした様子でありがとうと言われた。

「で、その、続きだけれど……。本来なら虫だとか小さな鳥だとか、そんな些細《ささい》な魔力の抵抗しか持たない生き物にしか使えないはずの魔法を、カエデにはすんなり使えた。魔力に対しての抵抗がないからだ」

「その抵抗っていうのは？」

と後藤さんが聞くと、リタチスタさんは、んー、とあごの辺りに指を置いた。

「そうだね、簡単に言うと生き物の持っている魔力の量かな。魔力量だけに由来しないし、もう少し複雑ではあるんだけれど、今はそう捉えてもらって構わない」

「じゃあ、虫とか小鳥は、とても魔力の量が少ないってことですね」

「そう」

じゃあその虫なんかにしか使えないはずの魔法が私に使えたっていうのは、とてもすごいことなのだろう。

「それはすごいことだよ。だって人が人にこんな魔法を簡単に使えるんじゃあ、世の中めちゃくちゃになりそうだ」

うん、とその場の全員が示し合わせたように頷《うなず》く。

「長くなってしまったけれど、魔法には様々あっても万能ではないが、カエデやゴトーは魔力の抵抗がないから、かゆいところに手が届く」

視界共有の話題の影がちらっと見えて目を細めると、リタチスタさんがコホンと咳払いして、うやむやにされた。

「ラティが言ってた、魔力で影響を与えたっていうのは、恐らく魔力抵抗を一切持たないゴトーだからこそ、こんな形の死霊になったってことじゃないかな」

「さすがに魔法に精通していると話が早いな。魔法にも机上の空論や、その場での突飛な思いつきがある。ワシはその突飛な思いつきを、咄嗟《とっさ》にゴトーへ施してしまったのだ」

苦しそうに胸の辺りで拳を握り、グッと眉間《みけん》に皺《しわ》を寄せた。

「命をもてあそぶ行為であったと、今も思っている。ワシはゴトーの魂を、これに繋《つな》ぎとめた」

言いながら、胸の前に握る小さな手を、上向きに開いた。

まるでかくしていた何かを皆に見せびらかすように。

「……これは？」

その小さな手のひらの上には、白く小さな石ころのようなものがのっていた。

「ゴトーの骨だ」

「俺の骨ぇ!?」

大袈裟《おおげさ》なほどのけぞり自分の肩を抱く姿が、なんだか声量ほどショックを受けているようには見えなかった。

「すまぬ。いきなり自分の骨なぞ見せられても……」

「いやいや！　何言ってるんだよ、ありがとうラティ！」

「は、はあ？」

何に対しての礼かと、逆に戸惑ったのはラティさんの方だった。

「何故自分の骨を見せられて、ありがとうなどと……」

「だってさあ、俺、自分で死んだのは分かってたけどそれだけで、どこで死んだのかとか覚えてなかったし、だからほら、きっと動物に食べられて骨も残ってないと思ってたから、こんなに小さくても俺、骨だけは残ってたんだなあって」

涙をこらえるように、後藤さんはキュッと目頭の辺りの鼻筋をつまむ。

「なんか、嬉《うれ》しいっていうか、俺の痕跡がちゃんとあったんだなあって思って」

「そ、そういうものなのか……？」

と、目だけで私に問いかけて来るが、そんなラティさんの期待に応えられる回答を持っていないので、控えめに首を傾げておいた。

「その骨に、魂を繫《つな》ぎとめたって言ったね」

「ああ」

リタチスタさんの質問に、ラティさんは迷いなく頷《うなず》く。

「なら、その骨が死霊であるゴトーの、いわば本体のようなものってことかい？」

「そうだな、先ほどは森のどこまで戻れたのかは知らんが、それでもこの骨がここにある限り、ゴトーが森から出ることはないだろうと踏んでおった」

縛るというのはこういうことなのだ、と命をもてあそぶ行為だと語る意味が、何となく理解出来た。

「ゴ、ゴトーがもし森を出れば、こんな何もない場所にはきっと戻って来ないと、そう思ったら、言い出せなかったのだ」

スッと静かに後藤さんの顔の高さまで飛ぶと、目に涙を浮かべながら、本当にすまない、と小さな声で呟《つぶや》く。

「いいんだ、気にしなくて大丈夫。なんか、生き返ったのとは違うけど、今もこうしてラティと話せてるのは死霊になったからなんだし、それに友達が俺しかいないラティの気持ちだって分かるよ。一人って寂しいもんな」

少しも怒りをあらわさない後藤さんに、ラティさんは安堵《あんど》したのか、力が抜けたように地面に落ちて、そのままポテ、と寝そべる。

「まあともかく。その骨から離れられないなら、確かに王都へは連れて行けないね」

「死んでから森から出たことなかったし、知らなかったな……」

ただ、とリタチスタさんはラティさんを、正確にはラティさんの手の中にある骨を指さした。

「要はゴトーの骨があれば、どこへだって行けるわけだ。ならその骨、こちらへ渡してくれるかい？」

「え⁉」

「え？」

驚きのあまり開いた口がふさがらない。だというのに、リタチスタさんはそんな私の態度が理解出来ないのか、キョトンとする。

「と、取り上げるんですか？」

「取り上げるって、そんなものじゃないだろう、この骨は。というか、ゴトーのものじゃないか。むしろ本人だ」

「そ、そうですよね。どうしてだか、墓荒らしの気分になってしまいました……」

「墓荒らしではないだろうに……」

ゴトーさんの骨を守るラティさんから無理やり奪い取るかのような図に、一瞬でも見えてしまったのが本当に申し訳ない。

「……カエデは墓荒らしのようだと言ってるけど。本人的にはどう？　ラティから骨を渡してもらうのは君にとって墓荒らしかな？」

するとと後藤さんは笑いながらいいや、と否定した。

「墓荒らしとは違うでしょ。俺は物を持てないから、代わりに誰かが持ってくれてたらそれでいいよ」

「いいのか」

カルデノがぼそっと呟《つぶや》く。

「どうだい？　本人の許可があれば墓荒しだって怖くはない」

「墓荒らしじゃないって言ったの、リタチスタさんじゃないですか」

ちょっと嫌味だなあ、とツンと唇をとがらせてみた。

先ほど呟いてから、何か言いたげに口をムズムズさせていたカルデノが、ラティさんに声をかけた。

「いいのか？」

「いい？　何がだ」

「一緒に森から出て、王都へ行かなくていいのか？」

カルデノの言葉に、ラティさんはピクリと確かな反応をみせた。

「き、急に何を言い出すのだ。魔族と連れ立って歩くなど、ワシには恐ろしくて出来ん。お前たちだけで行け」

リタチスタさんは何か言いたげにラティさんへ目を向けたものの、それも一瞬で、それ以上反応を示すことはなかった。

「リタチスタ、こわいひとじゃないよ」

カスミがフォローするようにラティさんの隣へそっと寄り添う。

「お前が怖くなかろうと、ワシは怖いのだ」

「私をダシにして、本当は、人がわんさか歩き回ってる街が怖いんだろう？」

リタチスタさんが言うと、図星を突かれたのか、ラティさんの目が大きく見開かれた。

「……そうだ」

素直に認めると、リタチスタさんはふっ、と優しげに笑った。

「カルデノも無理に連れ出そうとしたんじゃない。カルデノなりの気遣いだよ」

「それくらい分かる」

ともかくラティさんは、私たちと一緒に王都へ行く気はないらしい。

ゴトーさんの小さな骨がリタチスタさんの手に渡ると、いよいよ後は森を出るだけになる。

先ほどと違い、ラティさんは見送りのためにある程度の場所まで一緒に来たが、もう少しで森の外、という場所でここまでにする、と進むのをやめた。

「じゃあラティ、ちょっと行ってくるな」

「……気を付けてな。うっかり消滅しないよう気を付けてな。骨をなくさないよう気を付けてな」

「分かってるって」

後藤さんは苦笑いしながらも全てに律儀に頷《うなず》いた。

「あと、……ちゃんと戻って来るんだぞ」

「おう、任せろ」

大きく手を振るラティさんに、後藤さんもしつこいくらい手を振り返し、森を出た。

少しするとラティさんの姿は見えなくなり、見計らったように、リタチスタさんが小さな骨を取り出した。

「君、またあの森に、泉に戻るのかい？　これさえあれば自由じゃないか」

するとと後藤さんは、あははと笑った。

「俺、ラティにはずいぶん好かれてる自覚があるんですけど」

「それは、まあ、はたから見ても、そうかなと思うね」

「いきなり自分の場所に現れた、多分恐怖の対象であろう、知らない俺のことを散々助けてくれて、すげえ世話になってて」

どうしてそんな話を始めたのか、これがリタチスタさんの質問への答えにつながるのか、と黙って後藤さんの言葉の続きを聞く。

「単純に、俺もラティも友達がお互いしかいないから。あー、いや待って……」

うーんと何かに悩むように唸《うな》り、眉間《みけん》をコツコツと指先で叩《たた》く。

「友達というか、友達以上にこう、なんか、家族にも似たような」

「家族ねえ」

安易に名前をつけるのが難しい関係性ならば、世にごまんと存在する。

それは、はたから見た場合ではなく、当人たちにしか理解出来ない感覚だったり、時に本人さえ理解出来ない不思議なもの。

それが今、後藤さんを悩ませているのだろう。

「少なくとも俺はそんな感じの関係だなって思ってるんで、ラティのとこが、俺の帰る場所かなと」

話していて、表情を見て、後藤さんは元の世界へ帰ることを、未練を捨てたのだなと、そう思わせるものがあった。

私とは違う。きっと、死んでしまったから諦《あきら》めたのだろう。

仕方ない、とあっさり諦められたのだろうか。苦悩しただろうか。考えれば考えるだけなんだか胸が苦しくて、自分が後藤さんの立場だったらどうしただろう、と意味のない考えを巡らせてみた。

「さーて、どうして時間を潰《つぶ》そうか」

荷台で空を飛んで資料庫の裏へ戻って来た私たちだったが、リタチスタさんは中へ入る気配がなく、まだ高い位置にある太陽を眩《まぶ》しそうに見上げた。

「資料庫に入らないいんですか？」

「入らなきゃだけど、ゴトーは死霊だから、あまり人目のある時間帯に資料庫の中へ招くのは危険かなと。万が一退治されたりしたら、ラティに顔向け出来ないだろう？」

「退治かあ。悪霊退散、とか言われてお札投げつけられそう」

悪霊前提なのが少し面白くてフフッと笑ったのは私だけで、カルデノたちはピンと来なかったのか、お札？　と軽く首を傾げただけだった。

多分、陰陽師とかそういったものは存在しないのだろう。

時間を潰す有効的な手段は結局思い浮かばず、それなら夕方までの時間が長すぎるから、人目を避けながら資料庫の研究室へ向かおう、とリタチスタさんが言い出した。

自分で言ったことを忘れたわけではないのだろうが、大丈夫だろうか。

窓から覗《のぞ》かれないよう、建物の壁にピタリと沿って、窓より低く屈んでかくれつつ、初めて見る裏口から、忍び込むように中へ入る。

後藤さんは珍しそうにキョロキョロしていて、ここへ来たばかりの頃の自分を思い出さずにはいられなかった。

「ええー、ここ何？　何をしてる場所？　見たことない物が沢山ある。うわー、うわー見てるだけで楽しい」

ずっと森の中にいたから、なおさら刺激的に感じられることだろう。

声を極力小さく抑えてはいるが、それでも言葉で感動を伝えずにはいられない様子で、後藤さんの目はキラキラと輝いていた。

そーっと二階へ続く階段を上りきる。

「あ、リタチスタさん」

「⁉　や、やあ」

お疲れの様子のコニーさんとばったり出くわしてしまい、珍しくリタチスタさんの声が上ずった。

私とカルデノは、咄嗟《とっさ》にバッと肩をそろえて並び、背後に後藤さんをかくした。

「どうしたの？　なんか、様子が変じゃない？」

怪しいと語る眼差しが、順繰りに私たちを観察し始める。

「さっきまで出かけてたんだけど、カエデの体調が悪くてね」

「⁉」

今、何を求められた？

「けど今日中にカエデには終わらせてもらわないと困ることがあって、無理言って上まで来てもらってるんだ」

「え、そうだったんだ」

冷や汗が滲《にじ》み、頭の中では体調不良のフリってどんなだろうと、とりあえず渋い表情をしてみた。

「頭が痛いらしくて、静かに移動してたんだよ」

丁度隣のカルデノとくっついているからか、カルデノは機転を利かせて私の肩を支え、病人介護のかっこうをしてみせた。

「ああ、確かにこんなに快適な気温なのに汗が……。熱があるといけない。おだいじに」

「は、はい、ありがとうございます」

幸いコニーさんは三階に用事があるらしく、そのまま同じ階段をすれ違うこともなく、事なきを得た。

「……行きました？」

「もう大丈夫。さあ、早く私たちも」

と、駆け足で研究室へ飛び込んだ。

「お⁉」

ずっとここにいたらしいバロウは、突然飛び込んできた私たちに驚いたのか目を見開いていた。

「や、ただいまバロウ。噂《うわさ》の死霊を連れてきた」

「ども。はじめまして後藤です」

「え、あ、は、じめまして……バロウ、です……」

挨拶《あいさつ》を交わしたあとバロウは固まる。

後藤さんは目の前で驚いているバロウが、この世界に来る原因を作った人だとは微塵《みじん》も思っていないのだろう、のんきに部屋の中を見回していた。

「楽しそうなところ悪いねゴトー、彼がバロウ。この世界に君を放置した男だよ」

楽しそうにしていた目が険しい眼差しに変わり、睨《にら》むようにバロウへ向けられた。

「あんたが？」

「え、ええ」

バロウは息を整えるように一度胸に手を当てて立ち上がり、ピシリと両手を腿の横に置き、直角になるまで頭を下げた。

「俺の勝手でカエデさんやゴトーさんを巻き込んでしまって、本当に申し訳なく思ってます」

後藤さんはそんなバロウを無表情に見下ろしていたが、やがて小さくため息をついた。

「いいよ別に。もう何もかも手遅れだし」

許したわけではなく、もう後藤さんは怒りも湧かないほど、バロウの謝罪がどうでもよくなるほど、何もかも諦《あきら》めているのだろう。

少しすねたような、あきれたような、そんな表情。

けれどバロウは頭を上げなかった。

「え、いいって。頭上げてよ。謝罪されたってどうにもならないって。俺もう死んでるんだよな」

「それは、その、本当に……」

困ったなあ、と後藤さんは頬《ほお》をかいて、リタチスタさんに目を向けた。

「本当にいいの？　今なら謝罪ついでに何でもしてくれるよ、多分」

「いや、いらないいらない。ああけど、何で俺がこの世界に来ることになったのかだけは知りたいな。説明いい？」

「も、もちろん」

バロウは勢いよく顔を上げ、それから自分のこと、今までのことを、私たちにしたように一から丁寧に語った。

その全てを聞いてなお、後藤さんは感情の揺れもなく、ただ本当に理由の確認をしただけのようだった。

「へぇー、そんなことあるんだなあ」

「……あの、怒ったり、とか……？」

私から恐る恐る聞いてみたが、ううん、と首を横に振って否定された。

「全てを許したわけではないけど、でも本当に、もう何か思うほどのエネルギーが残ってないんだ。このことで今後気を使われるのも疲れるし、もう終わろう」

「そ、そうですか？」

「うん」

バロウも何か言わなきゃと落ち着きなく手をさまよわせ、口をパクパクさせていたけれど、釘を刺されたことで、それ以上何も言えなくなってしまった。

「それよりさ、俺に何か手伝いが出来るらしいって聞いて、ここまでついてきたんだけど、詳しい話聞いてもいいですかね」

ケロッとした後藤さんと違い、バロウはまだ心のつっかえが取れないみたいに眉間《みけん》に皺《しわ》を寄せていたが、リタチスタに肘《ひじ》で小突かれる。

「ほらバロウ、詳しい説明してくれって。聞いてなかったのか？」

「き、聞いてた。悪い」

怒りをあらわに責め立てられるのも決して楽なことではないだろうが、反省していることを許してもらえないのもまた、楽ではないはずだ。

それを思えば後藤さんの態度はバロウにとって、少なくとも罰の役割を果たしているといえよう。

「ええと、じゃあまず後藤さんには、転移魔法についての説明から始めようか。カエデさんもしっかり聞いたことがない部分もあるかもしれないから、一緒に聞いててくれるかな。リタチスタも俺の説明が足りてなかったら補足を頼む」

「ああ、分かった」

まず転移魔法とは、私たちが陣と呼ぶ円形の魔法の中に範囲を絞り、発動される移動手段。入口と出口の役割を果たす二つの点を設置した場所同士、離れた地点での行き来を可能にする便利な魔法。

本来なら、人が足で苦労して点となる部分を設置して初めて転移魔法が完了するが、バロウはそれを、記憶の情報から異世界へパイプを繋《つな》ぐことに成功した。

カエデがこの世界に来たことが、異なる世界同士を繋げられた何よりの証拠である。

けれど通常の転移魔法で設置する点と比べると、記憶の情報が点の役割を担うには圧倒的に不安定で、転移魔法の座標にズレが生じてしまうのが厄介な点だ。

ただ、対処法は三つある。

一つ目は、陣をとんでもなく大きくして、発動範囲を広げる。

これなら座標が多少ずれてしまっても範囲が広いので、術者が発動範囲から外れることなく転移出来る。

問題点を挙げるならば、一度に使う魔力量が莫大《ばくだい》で、試験運転にすら二の足を踏んでしまうこと。

二つ目は、記憶を消費して、座標に確実性を持たせる。

そうすると陣を大きくする必要はなく、一度に消費する魔力量がウンと抑えられるため試験運転を重ねるのが容易になり、結果的に早い時間で安全に転移魔法を使うことが出来る。

しかしこちらにも問題点はあり、この記憶の消費は確実性が増すものの、どの時期、どの程度の量を失うかが分からないため、おススメはできない。

そして三つ目。

「この三つ目が、後藤さんにここへ来てもらった理由で、手伝ってもらいたい部分なんだけど」

後藤さんはゆっくり頷《うなず》いた。

「二人いると、記憶には共通点のある部分が出来ると思うんだ」

「共通点……、それは例えば、俺もカエデちゃんも同じ世界にいたから、東京タワーを知ってる、とかそういうこと？」

コクコクとバロウは何度も頷いた。

「そう。一人よりも二人の記憶があると、曖昧《あいまい》だった座標を固定出来るはずなんだ。そうなれば小さな陣でも転移魔法を使えるし、陣が小さければそれだけ必要になる魔力量も少なくて済む。だから試験運転が容易になる」

「完璧じゃないか……」

リタチスタさんは感動したように口元に手を寄せる。

「ま、まあまだ仮説の域を出ないのが痛いところだけどな」

「仮説か、じゃあ、もしかしたら俺に手伝える部分は、本当はないかもしれないってことにもなりかねないわけか……」

「ネガティブになるのはよくないな」

悪い方に考えが傾く後藤さんに、リタチスタさんは言った。

「もし本当に君に手伝える部分がなかったとしても、今はまだ可能性がある。可能性がある内はポジティブがいいよ」

私も、結果がもしぬか喜びになったとしても、今はリタチスタさんの言う通り、ポジティブでいたかった。

それにこれは時間を短縮できる方法であって、絶対に帰れないわけではない。

最初からバロウは、陣を大きくすれば問題はないと言っていたわけだし。

ただ、時間はかかる。どれほどかかるかは分からない。

一度発動するだけで、莫大《ばくだい》な魔力を湯水の如く使うことになる。でも魔力は、本当の湯水みたいに湧いたり、その辺の川から流れて来るわけではない。

その貴重な魔力は今、コニーさんとラビアルさんが必死になって貯めてくれている。

そして必ず必要になるらしいのが、試験運転。これを行わないと危険だとも聞いた。

だから、出来ることならどうか、後藤さんを交えた三つ目の方法が可能であって欲しい、と祈らずにはいられない。

説明が長くなるからとすすめられて座った椅子。膝《ひざ》の上で、神様に乞うような形に組んだ両手に力が入る。

「えーと、説明はこんなところだろうな」

普通に使われている転移魔法と、異世界間転移魔法の違い。どうしても現れる座標のズレと対処法。

それらの説明は、改めて聞いてみると知らなかった部分や、理解が深まった部分などが多々あった。

逆に後藤さんは、一度に大量の説明をされても全て理解しきれたわけではなさそうで、額に手を当てながらウンウンと虚空に向かって頷《うなず》いていた。

「ええと、例えばたこ焼きに爪楊枝一本だとクルクル回って安定しないけど、二本刺すと安定する、みたいな、そんな話だよな？　その爪楊枝が俺とカエデちゃんだってことだよな？」

「ちょっと違うけど、まあ固定の話だけはそれで合ってる……かな」

バロウは悩みながら後藤さんの疑問に答えた。

「たこ焼き……？」

リタチスタさんとカルデノの声が綺麗に重なった。

話が終わる頃にはすっかり外が暗くなっていて、そろそろ私たちは帰らせてもらうことになった。

「私たちは帰りますけど、後藤さんはまた森に戻るわけにもいきませんよね。移動が大変だろうし」

「あー、確かに。俺、夜の間はどこにいたらいいですかね」

リタチスタさんとバロウは顔を見合わせた。

「下手な場所にいてもらって、見つかった時に驚かれて魔法でも使われたらまずいぞ」

「この部屋なら？　誰も勝手に入らないし、ゴトーは死霊だからうっかり何かに触って大惨事ってことにもならない」

どう？　と提案されると、後藤さんは二つ返事で頷いた。

じゃあ今日決めることは決まったからと、挨拶《あいさつ》を交わして、私たちは研究室を出た。

このまま帰りがけに夕飯を買って、と考えていると、後ろからリタチスタさんが追いかけてきた。

「おーい」

「はい？」

振り返ると、リタチスタさんがペンダントを片手に、タカタカと速足でこちらとの距離を詰めて来た。

「私たちが森へ行ってる間に、ギロから次の合成石をカエデへ渡すようにと、バロウが頼まれたそうなんだ」

「あ、そうだったんですか」

ペンダントを受け取り、首に着ける。

「………」

ジッとリタチスタさんの視線が刺さり、何だろうと気になって声をかける。

「あの？」

「ああ、ごめん。そうだ外まで見送るよ」

「ありがとうございます、でも別に大丈夫ですよ」

「いいからいいから、ほら行こう」

私とカルデノの腕を強引に引っ張り、私たちが歩き出したら、やっとすんなり離してもらえた。

資料庫の外へ出ると、やはり暗い。

「ちょっと、中だとゴトーに聞かれたりするのは気まずいかと思って、外までついてきたんだけど」

「あ、やっぱり何か用事がありました？」

「用事、うんまあね。君たちのことだよ」

「私たち？　私とカルデノとカスミのことですか？」

カスミはもうココルカバンの中にかくれているので、チラッとカルデノに目をやる。同じことをしていたカルデノと目が合った。

「そう。何回か言おう言おうと悩んで、その度に説教臭くなるんじゃないかって、やめてたんだけど……」

「はい、えっと、何かお説教ですか……？」

リタチスタさんはフッと笑って違うよ、と優しい声で否定した。

「君たちの別れについてだよ」

一瞬、時間が止まったみたいに何も言えなくなった。まさにこうして元の世界へ戻るための準備をしている今、そうだもうすぐ皆とはお別れになってしまうんだ、と寂しさが波紋のように胸に広がる。

「その、ほら私も別れには、妹の一件で後悔があるから」

言葉にするのをためらいながらも、ずっと私たちのことを考えてくれていたのだろう。

「二度と会えないとは夢にも思わずに後悔することになった私と違って、君たちは別れがもうすぐだと分かっているだろう?」

「……はい」

「だから、悔いのない時間を過ごして欲しいと思ってるんだ」

リタチスタさんは真剣だった。

「まだ転移魔法は完成したわけじゃないし、猶予はある。しっかり三人で話しておくといい」

私は何も言えず、真剣な眼差しのリタチスタさんを、穴が開くほど見つめていた。

「……やっぱり説教じみて聞こえてしまったかな。余計なお世話だったね、君たちいつも仲が良さそうだからつい」

「あ、いえそうじゃなくて、すみません、ジッと見てしまって不躾《ぶしつけ》でした」

説教じみて嫌気がさしたなんて、そんな理由ではなかった。

「ただ、そんなことを言ってくれるんだな、って思って」

するとリタチスタさんは、アハハと声を上げて笑った。

「確かにガラじゃないかもね。けど私、君たちのことを気に入ってるんだよ。だから、心からの言葉さ」

「はい、ありがとうございます」

リタチスタさんは穏やかに私とカルデノの顔を順繰りに眺め、至近距離にもかかわらず小さく手を振った。

「じゃ、また明日」

「はい、おやすみなさい」

その後はあっさりとこちらへ背を向け、なんだか機嫌良さそうに資料庫の中へ戻って行く。その背中を見送った後、私たちも家に帰った。

第五章　異変

翌朝、珍しく早く目覚めた私は、カルデノたちを起こすのも忍びなくて、一人で暇を持て余していた。

身支度を整えたあとは、リビングのテーブルに突っ伏して、昨日リタチスタさんに言われたことをぼーっと反芻《はんすう》していた。

悔いのない別れとは、どんなものだろう。

沢山遊んで、笑い合って別れれば、それでいいのだろうか。

いいや、どんなに賑《にぎ》やかな一日を過ごしたとしても、寂しさを拭い去るなんて出来っこない。

そうだ、元の世界に帰るというのは、大切な友達であるカルデノとカスミに二度と会えなくなってしまうということ。

寂しくないわけがない。

私は一度大きなため息をついて、目を瞑《つぶ》った。

帰りたい気持ちはもちろん今もある。元の世界には家族や友人がいるのだから。

でも、こうやって切ない別れを目の前にすると、何も考えたくない。

リタチスタさんの言う通り、別れは着実に近づいてきているというのに、目をそらしたくなる。

やだなあ。カルデノともカスミとも、ずっと一緒にいたい。でも、家族にも学校の友人にも、また会いたい。

瞼《まぶた》の下にウルウルと涙が溢《あふ》れてくるのを感じる。

リタチスタさんは三人で話し合えと言ってくれたけれど、じゃあ、この気持ちをカルデノやカスミに打ち明けたとしても、困らせるだけなのは目に見えている。

元の世界に帰りたいけど、お別れはしたくない。まるで小さい子供のわがままのようだ。

目を瞑ったまま思考を放棄していたせいか、二階の床の軋《きし》む音にビクリと肩が跳ねた。

「おはようカエデ」

すぐに二階からカルデノが降りて来て、朝の挨拶《あいさつ》を交わす。

「おはよう」

「どうした、目が赤くないか？」

向かいに座りながら、ジッと目を覗《のぞ》き込まれる。

「寝不足かな。すごく早起きしちゃって、なのに二度寝も出来なくて」

「そうか。なら今日は、早めに帰って来ないとな」

ところでカスミはどうしたろう、と二階に目を向けるも、どうやらぐっすり眠っていて、まだ目を覚まさないらしい。

「昨日リタチスタに言われたこと、カエデはどう思ってる？」

ドキッとした。ついさっきまで考えていて答えが出なかったものだから、なおさら。思考を放棄するなと言われたみたいだった。

「ど、どうかな……」

「……何かやっておきたいことはないか？　実は行ってみたかった場所があるとか、会いたい人がいるとか」

「え、ああそっか……」

カルデノとカスミのことを重点にしていたけれど、お世話になった人へ挨拶《あいさつ》をして回るのも、自分の気持ちに区切りをつけるために必要になるかもしれない。

「私はカエデが帰る前に一度、のんびりした時間を作りたい。最近何かと忙しいからな」

「それも大事だね。カスミはなんて言うかな」

なんて話していると、丁度カスミが二階からフラフラと降りてきた。

「あ、カスミ、寝起きにごめんね。私が帰る前に、やっておきたいことって何かあるかな？」

「ん～？」

ぺたりとテーブルに座り込み、寝ぼけまなこを擦《こす》る姿から察するに、まだまだ寝足りないけれど、カルデノが起きたので目が覚めてしまったのだろう。

「やっておきたい、こと……」

どんなに眠くても、私の質問について考えてくれているらしい。

「そう。昨日資料庫からの帰り際、リタチスタさんに言われたこと聞こえてたよね？」

カスミは基本的に外へ出る時にはココルカバンへかくれるけれど、聞こえていないことはないだろう。

「クッキー、つくってみたい」

「クッキー？　それなら、あとで資料庫に行く途中で買って行こう」

何が気に入らないのか、カスミはブンブンと頭を左右に振って、違うのだと態度で示す。

「え、でも、クッキーって……」

「一緒に、つくってみたいの」

「ええっと、クッキーを？」

コクリと頷《うなず》く。

「作るのか？　私たちが？」

家にはキッチンなんてないし、それでなくても、自分たちでクッキーなど作れるだろうかと、気軽にうんと頷《うなず》くことは出来なかった。

「……だめなの？」

寂しそうな声で私たちを見上げたカスミはいじらしくて、ハッとした。

悔いのない別れをしたいのに、こんなことで渋っていてどうするんだ。

「キッチンはどこかで借りよう！　それに作り方も誰か、教えてもらえる人を探して、そしたら自分たちで作れるよ、大丈夫！　それやろう！」

カスミは一緒にクッキー作り。カルデノはのんびり過ごす時間。

「私は、二人と何がしたいかなあ」

きっと沢山あるのに、ないわけがないのに、いざ考えてみるとやっぱり別れが寂しくて、何も出て来ない。

「カエデ？　どうした？」

私の異変に最初に気が付いたのはカルデノだった。それからカスミが私の顔を、テーブルから覗《のぞ》き込んで来る。

「寂しくて、やだなあって思ってた……」

涙が落ちそうなのをこらえる。

カルデノは椅子を引いて立ち上がると、私の隣の席へ移って背中をさすってくれた。

「今日は資料庫に行かないで少し休もう。そうすれば考える時間も、考えなくていい時間も、沢山作れる」

あやすような、甘やかすような優しい声だった。カスミも小さい手で、テーブルの上の私の手を懸命にさすってくれている。

「大丈夫。昨日渡されたペンダントをギロさんに見せなきゃならないし、今日もきっと手伝いがあるだろうし、ああやって三人で何かしてる時間も楽しいから」

「……そうか」

そう言ったカルデノの表情は、ホッと安心したものだった。

「それこっち、そこのやつは右下に移動して」

「はい！」

無理やり片づけて広げた研究室の床に、何かと見比べているリタチスタさんの指示を仰ぎながら、何枚もの紙を並べてゆく。

私とカルデノ、それとバロウの三人で並べたパズルのピースみたいな紙には、いくつもの模様が描かれていて、そのうち段々と、一つの陣の姿になり、完成する頃には床面積の四分の一ほどまで広がっていた。

「あの、これは？」

まだ異世界間の転移魔法は完成していないはずだし、だとしたら足元に広がるこの陣はなんだろう。

　何重にも重なる円と、様々な模様のような文字は、これまでの陣と同じように見えて、なんのための陣なのかが分からない。

「これは今作ってる異世界間転移魔法を、とりあえず形に書き起こしたものだよ。陣に必要なパーツの組み立て作業」

　バロウが答えてくれた。

「昨日の夜、リタチスタと手分けして書き上げて並べてあったんだけど、二人して眠気でふらついて、バラバラに散らかしてしまってね」

「じゃあ、結構な夜更かしをしたんですね」

「その二人、寝るって言って出てってからここに戻ってくるまで、多分、二時間もないくらいだったよ」

　何に触ることもないが心情的に部屋の隅に退避していた後藤さんが、二人の睡眠時間の短さを教えてくれた。

　もし普段からそんな生活をしているなら長生きはしなさそうな人たちだなあ、と思わず苦笑いした。

「あ、バロウ、そこ間違えてる」

手に持った紙の束と、床に広げた陣の紙をずっと見比べていたリタチスタさんだけが会話に加わらず、陣のどこかに見つけた間違いを指摘すると、バロウは慌《あわ》ててペンを手に、床へ屈んだ。

「どこ？」

「そこ、二本目、前半五節、三文字目から七文字目まで」

「ああ、本当だ」

なんて二人にしか分からない指摘を聞いてバロウは訂正線を引き、その下のわずかなスペースへ、新たな模様のような文字のようなものを書き加える。

ただ何となく、さほど面白みもない修正作業を、私たちは食い入るように見ていた。やがてリタチスタさんから、よし、と完成を思わせる一言が出た。

「ひとまず組み立てては完成だね」

ふう、と達成感に胸を張ると、リタチスタさんは得意げに陣を指さした。

「これはまだまだ落書きだけど、これが、カエデが元の世界に戻るために必要な陣なんだ。転移魔法さ」

「私、これで帰るんですか……」

今はまだペンで描かれたガタガタで形もいびつな手書きの陣だけれど、こうして形を見せられると、ますます実感が湧いてくる。

「そうだよ。綺麗に清書して、さらに調整して、正式に陣として作り上げて、試験を重ねて問題なく発動出来れば完成。いよいよカエデが帰る番だ」

「そ、そっか、これが……」

別れがつらい、けれど胸に込み上げてくる嬉《うれ》しさは本物で、ぎゅーっと唇を丸め込んで、爆発しそうな感情を抑え込む。

「それはそうと、カエデは合成石のペンダントをギロに見せに行こうか」

「あ、はい」

「それじゃあバロウ、私は少し離れるけど、また散らかさないようにね」

「散らかしたのはお前もだろ！」

「ああハイハイ」

リタチスタさんと一緒に、私とカルデノはギロさんのいる部屋へ向かい、ペンダントをはずして渡す。

「どうだい？」

「うーん、やはりなんとも難しいですね。ですがあと何回か配合を調節すれば、完成品をお見せ出来そうです」

ギロさんは自信ありげに楽しそうな笑顔をみせた。

「それは心強い。じゃあ引き続き頼んだよ」

転移魔法も完成が見えている。合成石もギロさんの予想通りいけば、完成が間近なようだ。

失礼しました、とギロさんのいる部屋から出ると、なんだか、一呼吸一呼吸吸い込む空気すら、味が違って感じられた。

それから十日。ついに合成石のペンダントは完成し、後は身に着けて、魔力を溜め込んでおくだけとなった。

転移魔法は、まだ一度目の試験運転をして見つかった問題点を解決している段階だが、その過程で、やはり後藤さんと私の二人がいれば、最小限の魔力でしっかりと座標が固定されて、安心安全な転移魔法として使えることが証明された。

研究室で昼食を食べる時の最近の話題は、もっぱら転移魔法の完成についてだった。

「もう、カエデちゃんが元の世界に帰るまで、秒読みだねー」

後藤さんは何も食べたりしないけれど、昼食の時間は皆で集まるのが楽しいのか、積極的に会話に参加する。

テーブルに椅子が一脚追加されたくらいで他に何かあるわけじゃないけれど、後藤さんの存在感は大きく、時折、死霊であることを忘れさせる。

「そうですね」

「俺、ちょっと頼みがあるんだけど」

「はい、なんでしょう？」

「森に、俺が過ごしてた木のウロがあったの、覚えてるよね？」

「もちろんです」

一度招待されたこともあるくらいだし、あの時の衝撃はなかなか大きかった。そう簡単に忘れるはずもない。

「あそこに置いてる荷物の中に、俺がこの世界に来たとき持ってた物がほんの少しだけど入ってるんだ。それを、君と一緒に元の世界に持って帰って欲しいなって」

もう二度と戻れない自分の代わりに、せめてと。

「そんな深刻に受け止めないで欲しいんだ。どうせならってだけ」

後藤さんは本当は諦《あきら》めきれたわけじゃなかったんだ。

今だって、気取らせないようにして言葉を選んだのだろうけれど、膝《ひざ》の上で落ち着かない両手が、本心をかくしきれていなかった。

「そんな、どうせならなんて言い方、やめてください。きっと持って帰ります。誰か届けて欲しい人とかがいるなら、帰ってから届けられるよう頑張りますから」

「ほんと？」

嬉《うれ》しそうに、ぱあっと笑顔になる後藤さん。

きっと少しでも迷う素振りをみせていたら、遠慮して、やっぱりいいやなんて言われていたかもしれない。

私に出来ることなんてそれくらいしかないけれど、そうと決まれば、今日中にもう一度森へ向かおう、と意見がまとまりそうになっているところに、廊下をバタバタと、誰かの大きな足音が走ってこちらへ近づいて来るのが聞こえてきた。

後藤さんは身をかくそうと慌《あわ》ててテーブルの下に潜り込み、それと同時に、扉がバンッと殴られたように開け放たれた。

「大変だ！」

息を切らせて姿を現したのはコニーさんだった。

「どうしたんだ、そんなに慌てて」

「東の森が火の海なんだ！　ドラゴンが現れて暴れていて、いつ王都にも被害が出るかって大騒ぎだよ！」

「ドラゴン⁉」

リタチスタさんとバロウが一斉に椅子から立ち上がった。

「火、って、森が……？」

頼まれた物も気になるが、何よりラティさんは無事だろうか、と心がざわついた。

テーブルの下にかくれた後藤さんがどんな気持ちでこれを聞いているのか、想像したくもなかった。

リタチスタさんが無言でコニーさんを突き飛ばすようにして部屋から走り出て、それをバロウが追いかける。

「どこに行くんだ！」

「様子を見てくるんだよ！」

「様子ってお前、どうやって……」

ハッ、とリタチスタさんの空飛ぶ荷台を思い出す。

「待って、私たちも行きます！」

コニーさんが突き飛ばされて目を白黒させていたけれど構ってなどいられない、私はテーブルの下から出てくるよう、後藤さんに言った。

「うえ、死霊がなんで⁉」

コニーさんは一歩後ずさったけれど、それを無視して、一緒にリタチスタさんの背中を追いかける。

なんとか追いつくとリタチスタさんはすでに荷台へ乗り込んでいて、私たちが飛び乗った瞬間、荷台は飛び立った。

高く空へ上ると、それだけで遠くの空に立ち上る黒煙が見えた。

そのまままっすぐに、森のある方角へ進むと、果たして、火炎をまき散らす真っ白なドラゴンがいた。木々を燃やし、なぎ倒して暴れている。コニーさんが言っていた通り、森は一面、火の海だった。

「ラティ……」

後藤さんは呆然《ぼうぜん》とその光景を見つめ、ラティさんの名前を力なく呟《つぶや》くだけだった。

私やカルデノはもちろん、リタチスタさんも、誰も、何も言葉が出て来なかった。

悪夢。そんな文字が頭をよぎる。

「これ以上近づくのは危険だ。今は大人しく戻るしかない」

「は、ラティ、うそだろ、ラティ……」

後藤さんは両手で顔を覆って、さめざめと涙を流した。

資料庫へ戻ると、バロウがソワソワと裏庭に立ってこちらの帰りを待っていたようで、地面に車輪が付くなりリタチスタさんの名前を呼んだ。

「大丈夫だったか⁉」

「ああ、危険な域までは進まなかった」

「そ、そうか。ならいい。それと、客だ」

「客？　私に？」

「いや……」

「バロウとリタチスタさん、二人にですよ」

バロウの言葉を遮《さえぎ》るように聞こえてきたのは、エリオットさんの声だった。大股でこちらへ向かって来る顔は険しく、空気が張りつめる。

「今、王都に二人がいたのは幸いだった。力を貸して下さい」

「ドラゴンの件だね？」

「はい。十年前を彷彿《ほうふつ》とさせる巨大なドラゴンの出現で、すぐに対処する必要があります」

「被害は、まだ東の森だけか？」

バロウの質問にエリオットさんが答える。

「ああ、王都へはまだ近づいていないようだ。それに魔除けに加えて、魔法兵たちの準備もある分、十年前よりも猶予はあると言えるだろう」

十年前、ドラゴン。

以前、図書館で目にした本を思い出す。ちょっと目を通しただけで詳しい内容はすぐに思い出せなかったけれど、それでも、大きなドラゴンが王都を襲ったのだけは覚えている。

森の様子を目にした時、少しだけドラゴンの姿も見えたけれど、以前リクフォニアを襲ったドラゴンより、ずっと大きかった。

「すでにドラゴンハンターと国は、連携をとっています。ぜひリタチスタさんとバロウの力も貸していただきたい。今すぐ、ギルドで行われる会議へ参加願います」

リタチスタさんとバロウは深く頷《うなず》いた。

「良かった。馬車の用意があるから、こちらへ」

エリオットさんの背中を追って先に歩き出したバロウと違い、リタチスタさんは私に振り返る。

「カエデ、これゴトーの骨だ。絶対になくさないように。いいね？」

手渡され、リタチスタさんの手でぎゅっと包まれた私の両手の中には、小さくて硬い感触。

「は、はい」

「それと私たちが戻ってくるまで、絶対に資料庫から離れないように」

「あの……」

何をそんなに心配しているのだろうと、逆にこちらが心配になるほど、リタチスタさんからは焦りが滲《にじ》んでいた。

「リタチスタ急げ！」

「分かってる！」

リタチスタさんは挨拶《あいさつ》もなく、駆け足でバロウとエリオットさんの後を追った。

その日は王都の誰もがドラゴンの存在に怯《おび》えていた。もちろん私も例外ではない。

リクフォニアで目の当たりにしたドラゴンと、吐き出された炎の恐怖を思い出すと、体が震えた。

一度は研究室へ戻ったが落ち着かず、一階へ下りると、いつもは朝から晩まで魔力の貯蔵に神経を割くコニーさんとラビアルさんも、仕事が手についていなかった。

それどころか荷物をまとめていて、まるでどこかへ行ってしまいそうだ。

まさか、と二人に声をかけると、ばつが悪そうに目をそらされた。

「あ、あの、どこかへ？」

「悪いけど、ドラゴンが王都を襲う心配がなくなるまで、ここにはいられない」

「そんな、でも襲われるなんて決まったわけじゃないんですよ？」

「襲われてからじゃ遅いって」

コニーさんはブンブンと頭を左右に振る。

「十年前だって、一体どれだけの被害が出たと思ってるの？　その中の一人に自分がならないなんて言いきれない。悪いけど、身の安全を最優先させて欲しい」

そう言われてしまえば、私が引き留める道理もない。

「本当に申し訳なく思ってる。……あの二人には、よろしく言ってもらえると助かります」

「わ、分かりました……」

コニーさんとラビアルさんは、最後まで罪悪感を目にたたえたまま、資料庫を去って行った。

シズニさんとギロさんは、ここから動く気はないらしい。

私たちも、今はただリタチスタさんたちの帰りを待つ他なく、研究室へ戻る。

「ラティ、頼む、頼む、無事でいてくれ……」

後藤さんは黒煙が立ち上る窓の外へ向けて祈るように両手を握りしめ、ひたすらラティさんの身を案じ続けている。

その痛ましい姿を見ても何も出来ないことや、そして王都が襲われる可能性を拭いきれない恐怖にも、胸が締め付けられるようだった。


その日、リタチスタさんとバロウが研究室に戻って来たのは、日の沈む直前だった。

資料庫に残る後藤さんを除いて、帰りを待ちわびていた全員で二人を出迎えた。

「会議は？　どうなったんだい？」

シズニさんは祈るように胸の前で両手を握りしめていた。

「ドラゴン討伐のため、明日の朝、東の森へ出立することに決まった」

リタチスタさんが口を開く。

「偵察の結果、やはり十年前のドラゴンと比べても遜色ない大きさだそうでね」

「ああそんな。それじゃあまたあの時のような……」

ギロさんもシズニさんも十年前のドラゴン襲撃のことを思い出して怯《おび》えていた。

「けど十年前と違うことがあるのも確かだ。アイスが魔力ポーションの製造を始めていること。王都には魔除けの他、強力な魔法壁を作る魔法兵が配備されたこと。それからカエデ、君の存在だ」

「わ、私ですか？」

驚いて自分を指さすと、リタチスタさんはコクンと頷《うなず》いた。

「恐らく大勢の犠牲、負傷が予想されるため、今、必死にポーションの類《たぐい》をかき集めてる最中のはずだけど、足りないだろうと思う」

「え？　国中のポーションを集めるんですよね？　それじゃあ沢山集まるんじゃ……」

「勿論、取り急ぎ王都だけでも相当な数が集まるだろうさ、でも一日に製造出来る数には限りがある。時間もかかる。品切れで店じまいすることだってあるだろうさ。けどね、討伐中に負傷者を転がして、品切れしましたなんて言ってもらっちゃ困るんだよ」

分かるよね？　と念押しされ、私はコクコクと頷く。

一度に大勢の傷を治そうと集中してポーションを消費し続ければ、仮にその時足りたとしても、戻ってくる日常のためには、圧倒的にポーションが不足してしまう。もしかしたら長期にわたり足りない可能性だってある。

その間にまた負傷者が出たら？　その人が傷を治せなかったせいで命を落としたら？

リタチスタさんはそういった心配をしているんだ。

「なので、今から明日の朝まで、カエデにはポーションを作ってもらう」

「え……？　朝、まで？」

「そう。材料なら気にしなくていい、国の倉庫を一つ解放することになってね、アオギリ草なら沢山ある」

「く、国の倉庫？」

「君でも入れるように、ドラゴンハンターに君の名前を追加してもらったから、関係者ってことにもなってるし」

「関係者……？」

「ポーションの効きが悪いって人も中にはいるから、カエデのポーションは喜ばれるよ」

頭を抱え、言われたことの整理を試みた。

「あのカエデさん、勝手なことをしたし、事後報告になって申し訳ない。でも、明日に備えるにはどうしても必要だったんだ」

つまり、私はこれから国の倉庫にあるアオギリ草を使って、朝までポーションを作り続ける。国の倉庫に入るには今回のドラゴン討伐の関係者である必要があって、私は今、ドラゴンハンターの一員である、と。

確認すると、リタチスタさんとバロウは頷《うなず》いた。

「さ、行くよ。こうしている一分一秒で、君が大量のポーションを作れることは知っているんだからね！」

腕を掴《つか》まれ、引きずられるように資料庫の外へ。

「ま、待って下さい、準備！　準備しますから！」

後藤さんの骨をカルデノに預け、私はリタチスタさん、バロウと共に、王都の中でも目立って大きな倉庫へ向かった。

そして、中に積まれた大量の木箱と水樽、大勢の荷運び人を前に眩暈《めまい》を覚えた。

肩にリタチスタさんの手が添えられる。

「さあカエデ、居眠りしたら叩《たた》き起こすから、安心してポーションを作るといい」

「は、い……」

明日のことを思えば、大勢の人があのドラゴンと戦うのだと思えば、アイスさんやアスルの顔を思い出せば、自分に出来ることがあるのだと思うと、そう返事せざるを得なかった。

今さら嫌ですなんて、言うはずがなかった。

〈『ポーション、わが身を助ける8』へつづく〉

ヒーロー文庫

ポーション、わが身《み》を助《たす》ける 7

岩船《いわふね》 晶《あきら》

2021年5月10日 第1刷発行

発行者 前田起也

発行所 株式会社 主婦の友インフォス
〒101-0052 東京都千代田区神田小川町 3-3
電話／03-6273-7850（編集）

発売元 株式会社 主婦の友社
〒141-0021
東京都品川区上大崎 3-1-1 目黒セントラルスクエア
電話／03-5280-7551（販売）

印刷所 大日本印刷株式会社

ISBN 978-4-07-448433-1